Jessica Gehres

Euer Hass hat kein Gesicht

Mein Leben im Schatten des Cyber-Mobbing

In dieser Reihe außerdem erschienen:

Ela Aslan: Plötzlich war ich im Schatten.
Mein Leben als Illegale in Deutschland

Anna B.: Ich werde die Bilder im Kopf nicht los.
Mein Leben nach dem Missbrauch

Bader/Braun/Sailer/Schober/Schreiber/Sellmaier: Die Schüler von Winnenden.
Unser Leben nach dem Amoklauf

Christina Helmis: Mein Lollimädchen-Ich.
Mein Leben mit der Magersucht

Lisa-Marie Huber: Der Tod kriegt mich nicht.
Mein Leben mit der Leukämie

Sascha K.: Ich kannte kein Limit.
Mein Leben mit dem Alkohol

Julia Kristin: Online fühle ich mich frei.
Mein Leben im Netz

Josephine Opitz: Auf dem Laufsteg bin ich schwerelos.
Mein Leben als Model im Rollstuhl

Angela S.: Dann bin ich seelenruhig.
Mein Leben als Ritzerin

Mihrali Simsek: Mit 18 mein Sturz.
Mein Leben im Gefängnis

Sabrina Tophofen: So lange bin ich vogelfrei.
Mein Leben als Straßenkind

Zu diesem Buch wird eine Unterrichtserarbeitung erstellt. Informationen darüber erhalten Sie beim Arena Verlag, Würzburg, unter Telefon 0931/79644-0 oder www.arena-klassenlektueren.de.

Aus Datenschutzgründen wurden die Namen im nachfolgenden Text von der Redaktion geändert.

Jessica Gehres

In Zusammenarbeit mit Kerstin Dombrowski

Euer Hass hat kein Gesicht

Mein Leben im Schatten des Cyber-Mobbing

Arena

FSC
www.fsc.org
MIX
Papier aus verantwortungsvollen Quellen
FSC® C110508

1. Auflage 2015

Einbandgestaltung: Juliane Hergt, unter Verwendung eines Fotos
von © plainpicture/A. da Cunha
Gesamtherstellung: Westermann Druck Zwickau GmbH
ISBN 978-3-401-60115-1

www.arena-verlag.de
Mitreden unter *forum.arena-verlag.de*

»Das Motiv für Cyber-Mobbing ist höchst banal: Die meisten Täter geben an, aus Spaß oder Langeweile gemobbt zu haben. Online trauen sie sich plötzlich Dinge, die sie im wahren Leben niemals gemacht hätten. Kleine greifen Große an. Von Angesicht zu Angesicht undenkbar – im Internet geht das. Dadurch werten sich die Cyber-Mobber psychologisch auf – zumindest glauben sie das.

Bei unserer letzten Umfrage gaben 17 Prozent der Schüler an, dass sie schon einmal Opfer von Cyber-Mobbing waren. Dabei haben wir festgestellt, dass Cyber-Mobbing durchaus ein Mittel ist, um sich zu wehren: Mehr als ein Drittel aller Täter war selbst schon einmal Mobbing-Opfer, bevor sie ›die Seite‹ wechselten.

Wie gefährlich gerade das Cyber-Mobbing ist, ist den meisten nicht bewusst. Da wird gehetzt bis zur Vernichtung. Das liegt daran, dass die Täter ihr Opfer nicht sehen, wenn ihm die Verletzung zugefügt wird. Dadurch sinken die Hemmschwelle und die Schamgrenze. Das ist fatal. Denn gerade Jugendliche in der Pubertät sind besonders sensibel, sie bieten eine große Angriffsfläche.

Was jedem bewusst sein muss: Opfer kann grundsätzlich jeder werden. Die Frage ist, wie man damit umgeht. Nach unserer Erfahrung ist es entscheidend, das Ganze sofort öffentlich zu machen! Es ist wichtig, schnell zu reagieren! Zwar nehmen mittlerweile die Präventionsmaßnahmen zu, Lehrer sind besser informiert und können dementsprechend reagieren. Trotzdem stellen wir leider fest, dass die Anzahl der Cyber-Mobbing-Fälle ständig zunimmt.«

Uwe Leest, Vorstandsvorsitzender Bündnis gegen Cyber-Mobbing

Prolog

»Mamas Medikamentenschrank plündern, ganz viele Pillen schlucken, einschlafen.«

Tagebucheintrag von Jessica, Beginn 7. Klasse

Hi, ich bin's, Kerry«, beginnt die neue Nachricht in meinem Posteingang.

Komisch ..., wundere ich mich. Kerry hat mir bis jetzt noch nie geschrieben. Wir kennen uns zwar, weil sie in meine Parallelklasse geht, aber normalerweise haben wir nichts miteinander zu tun. Wobei eigentlich niemand aus meiner Schule noch etwas mit mir zu tun hat, seit das mit der Mobberei wieder so schlimm geworden ist. Sofort pocht mein Herz mindestens drei Takte schneller und ich spüre Panik: Es bedeutet GARANTIERT nichts Gutes, wenn sich Kerry plötzlich übers SchülerVZ bei mir meldet. Automatisch umklammere ich die Maus etwas fester, so als könne ich mich an ihr festhalten. Dann schließe ich kurz die Augen, um die Tränen zu unterdrücken.

Ich habe es so satt! Ich will das nicht mehr! Ich kann das nicht mehr!

Zwei oder drei Mal hole ich tief Luft, dann habe ich mich

wieder einigermaßen im Griff. Ich öffne die Augen, um zurück auf den Monitor zu schauen. Da steht: »Ich muss dir was sagen. Aber nur, wenn du schwörst, dass du niemandem verrätst, dass du es von mir hast! Ich möchte mit denen keinen Ärger bekommen.«

MIT DENEN!

Schon klar! Ich weiß, wen sie meint: meine alte Clique. Athina und die anderen.

Mir wird schlecht.

Schnell tippe ich: »Natürlich verrate ich dich nicht! Ich bin ja froh, wenn mir jemand sagt, was los ist.« Dann drücke ich auf »senden« und warte mit rasendem Herzen auf Kerrys Antwort. Die Ungewissheit nagt an mir. Was sie zu sagen hat, muss etwas Schlimmes sein, sonst hätte sich Kerry nicht bei mir gemeldet – ein Mädchen, das ich kaum kenne.

Jetzt füllen sich meine Augen doch mit Tränen. Da hilft auch kein Blinzeln oder tiefes Atmen mehr. Langsam kullern die Tränen über meine Wangen, sammeln sich kurz am Kinn und klatschen dann auf meine Arme, die ich schützend vor mir verschränkt halte. Meine Haut juckt. Das liegt an der Neurodermitis, die meldet sich zuverlässig, sobald ich Stress bekomme. Auch jetzt kann ich mir das Kratzen nicht verkneifen. Obwohl ich weiß, dass es nicht gut ist, kratze ich.

Mit einem Taschentuch tupfe ich mir die Tränen vom Gesicht. Dann lasse ich mich gegen die Lehne des Schreibtischstuhles fallen, die mich weich auffängt. Ich habe es so satt, dass ich brechen könnte! Diese ständige Angst, diese ständige Anspannung, dieses ständige Warten, was sie sich als Nächstes einfallen lassen, um mich fertigzumachen. Ich kann nicht mehr! Habe keine Kraft mehr. Die letzten anderthalb Jahre haben mich mürbe gemacht. SIE haben mich mürbe gemacht. Ich bin gar nicht mehr ich selbst. Ich bin gar nichts mehr. Ein richtiges Wrack.

Mein Blick hängt jetzt irgendwo zwischen Zimmerdecke und Fenster. Aber ich erkenne nichts – es ist einfach nur hell. Nichts von dem, was meine Augen sehen, kommt in meinem Gehirn an. Alles ist wie blockiert. Schockstarr.

Das Mobbing geht in eine neue Runde. Ich bin nicht mehr nur die fette, hässliche, stinkende Jessica. Das kennen ja schon alle. Deshalb würde mich Kerry nicht anschreiben. Leider lässt sie mich ein wenig zappeln. Wahrscheinlich muss sie noch mal abwägen, ob sie es mir wirklich verraten kann. Immerhin setzt sie sich damit der Gefahr aus, selbst in die Schusslinie zu geraten – so wie es bei mir angefangen hat. Ich wollte damals auch nur jemanden warnen ...

Dabei kann sich Kerry ganz sicher sein, dass ich ihr das nicht antun werde. Außerdem bin ich wirklich zutiefst dankbar, wenn mich zwischendurch mal irgendjemand wie einen Menschen behandelt.

Mein Blick kehrt zum Monitor zurück. Sosehr ich Kerrys Antwort entgegenfiebere, so sehr habe ich Angst vor ihr. Doch als sie sich endlich mit einem *Pling!* ankündigt, kann ich sie nicht sofort lesen. Sobald der Briefumschlag auf dem Bildschirm erscheint, habe ich das Gefühl, man würde mir den Atem nehmen. Als würde der Raum um mich herum schrumpfen. Die restliche Luft weicht aus meinen Lungen. Ich verliere den Boden unter den Füßen. Alles ist weg. Und plötzlich schüttelt mich ein Heulkrampf. Stress, Anspannung und Panik überwältigen mich.

Ich habe doch jetzt schon keine Kraft mehr. Wie soll ich das, was nun kommt, noch ertragen?

Ich schluchze in die Hand, die ich mir so fest vor den Mund presse, dass ich kaum mehr Luft bekomme.

Dabei muss ich mich doch zusammenreißen! Muss mich sammeln. Es ist bestimmt nur eine Frage der Zeit. Irgendwann werden sie aufhören. Bestimmt. Ich muss nur bis dahin durchhalten. DURCHHALTEN! Dann wird alles wieder gut.

Allmählich wird mein Atem ruhiger. Auch die Tränen kullern nun wieder ganz langsam und vorsichtig über mein Gesicht, fast so, als würden sie es streicheln. Jetzt endlich kann ich Kerrys Nachricht lesen.

Ich fahre mit der Maus auf den Briefumschlag. Da steht: »Sie haben im SchülerVZ eine Gruppe gegen dich gegründet. Sie heißt ›Wir hassen Jessica‹. Da schreiben sie lauter fiese Sachen über dich und haben auch ein Foto veröffentlicht.«

Ein Foto von mir? Im Internet?

»Was für ein Foto?«, schreibe ich, so schnell ich kann. Dabei ahne ich es schon. Nein, ich weiß es ganz genau. Es ist garantiert vom letzten Klassenausflug in den Wuppertaler Zoo. Den wollte ich eigentlich schwänzen.

An Schultagen habe ich wenigstens die Möglichkeit, mich in den Pausen im Klo zu verstecken. An Wandertagen habe ich gar keine Chance auf Deckung. Deshalb hatte ich schon vorher Angst, da hinzugehen. Und dann habe ich mich doch dazu durchgerungen. Ganz offenbar ein Fehler! Dabei hatte ich erst so ein gutes Gefühl ... Im Zoo waren sie nämlich total nett zu mir. Ich habe mich darüber gefreut, weil ich ja immer hoffe, dass sie mich irgendwann in Ruhe lassen. In der Essenspause haben sie mich sogar gefragt, ob ich nicht mit ihnen »Wahrheit oder Pflicht« spielen möchte. Das ist bei uns gerade total angesagt. Wer dran ist, muss entweder eine unangenehme Frage ehrlich beantworten (»Wahrheit«) oder etwas machen, was die anderen bestimmen dürfen (»Pflicht«). Wir waren zu acht und Ben, mein Schwarm, war auch dabei. Er musste jemanden nach einer Zigarette fragen. Wir anderen haben uns natürlich schiefgelacht. Es war so lustig, weil Ben als überzeugter Sportler NIEMALS rauchen würde.

Nach ihm war Jasmin dran. Sie sollte nur am Kiosk neue Chips kaufen. Allerdings hat sie nur eine kleine Tüte genommen, aber ich habe mich gar nicht getraut zuzugreifen, weil ich Angst hatte, dass sie mich sonst wieder als fette Kuh beschimpfen.

Und dann kam ich an die Reihe. Ich entschied mich für »Wahrheit«. Das erschien mir sicherer, weil ich ja zur Not bei einer besonders unangenehmen Frage schwindeln könnte. Aber Athina – sozusagen die Anführerin der Clique und eigentlich sogar der ganzen Klasse – schüttelte den Kopf: »Nein, du musst auch ›Pflicht‹ nehmen«, bestimmte sie.

Und alle anderen nickten bestätigend: »Ja, musst du!«

Eigentlich kannte ich das Spiel zwar so, dass jeder frei wählen durfte, aber ich war so froh, dass sie mich überhaupt mitspielen ließen. Da wollte ich mich nicht alleine gegen die Gruppe stellen. Dann also »Pflicht«.

Athina grinste breit. Das hätte mich misstrauisch machen sollen!

Sie hatte natürlich sofort eine Idee, was ich tun könnte. Laut krakeelte sie: »Du musst Ben küssen!«

Das war ein mittelschwerer Schock für mich. Ausgerechnet Ben! Den coolen Ben, in den ich heimlich verliebt war.

Er war der sportlichste, witzigste, hübscheste Junge unseres gesamten Jahrgangs. Ein richtiger Sonnyboy! Ich glaube, außer mir schwärmen auch alle anderen Mädchen für ihn – wahrscheinlich sogar von der fünften bis zur achten Klasse.

Mein Herz raste. Ausgerechnet ihn sollte ich nun küssen! Noch dazu wäre es mein erster Kuss!

Am liebsten hätte ich mich gedrückt, aber dann hätten sie mich bestimmt gleich wieder ausgeschlossen oder ausgelacht. Und es war ja schließlich nicht meine Idee, sondern nur wegen des dämlichen Spiels. Ich nahm meinen Mut zusammen, drehte meinen Kopf und drückte Ben einen schnellen Schmatzer auf die Lippen.

Klick! Bevor ich mich versah, hatte Jasmin schon ein Foto mit ihrem Handy geschossen.

»Hey!«, rief ich. »Was soll das?«

Aber Jasmin ging gar nicht darauf ein, sondern versuchte abzulenken, indem sie stichelte: »Nicht gleich rot werden!«

Und Nadine stänkerte hinterher: »Na, war's schön? Das wolltest du doch!«

Ihre Seitenhiebe fand ich zwar blöd, weil Ben nun natürlich ahnen musste, dass ich ihn gut fand. Aber vor allem beunruhigte mich das mit dem Foto. Wozu hatte sie es gemacht?

Als Jasmin merkte, dass ich sie die ganze Zeit wütend anstarrte, hantierte sie demonstrativ an ihrem Handy herum und behauptete, dass sie das Bild wieder gelöscht hätte.

Ich hatte zwar ein blödes Gefühl, aber was hätte ich denn tun sollen? Ihr das Handy entreißen? Unmöglich! Also versuchte ich, den Gedanken zu verdrängen. Unsere Essenspause war eh vorbei und es ging weiter. Dennoch ließ mich die Sache mit dem Foto bis zum Abend nicht los.

Dann rief mich Athina zu Hause an. Ich dachte erst, Mama hätte sich verhört, als sie mich ans Telefon rief.

»Ja?«, meldete ich mich unsicher.

»Hi, ich bin's!«, rief Athina fröhlich in den Hörer.

Und ich wiederholte noch einmal: »Ja?« Ich konnte kaum glauben, dass es tatsächlich Athina war!

Dann sagte sie: »Mensch, Jessica! Ich wollte dir nur sagen, dass du dir wegen des Fotos keine Gedanken machen musst. Das haben wir doch nur geschossen, weil wir wissen, dass du in Ben verknallt bist.«

Mir hatte es endgültig die Sprache verschlagen und es entstand eine kurze Pause.

Aber dann sprach Athina weiter: »So etwas macht man eben unter Freundinnen!«

Unter Freundinnen! Klar, wir WAREN früher mal Freundinnen. Aber jetzt? Jetzt machten sie mich bei jeder Gelegenheit fertig. Und obwohl ich es nach so langer Zeit voll Hetze und Spott besser wissen sollte, war »Freundinnen« für mich immer noch so etwas wie ein Zauberwort. Irgendwie hat es alle Bedenken sofort weggewischt. Ich freute mich sogar ein bisschen. Deshalb sagte ich: »Okay! Dann danke!«

Später schlief ich mit einem wohligen Bauchkribbeln ein: Ich habe meinen Schwarm geküsst und Athina hat mich als Freundin bezeichnet.

Wie dämlich! Gerade komme ich mir wie eine Idiotin vor, denn ich bin mir ziemlich sicher, dass Jasmin dieses Foto nicht gelöscht hat. Nein, sie hat es ins Netz gestellt.

Meine Haut juckt wie verrückt.

In diesem Moment kommt eine neue Nachricht von Kerry. Sie bestätigt meine Befürchtung: »Auf dem Foto küsst du Ben. Und darunter steht: ›Kein Wunder, dass Ben jetzt Herpes hat.‹ Und dann schreiben sie noch, dass du eh schon mit allen Sex hattest. Auch mit Älteren. Sie zählen sogar ein paar Namen auf. ›Die ist doch leicht zu haben‹, heißt es und so etwas. Aber mehr möchte ich jetzt wirklich nicht sagen.«

Es ist, als würde mein Herz aussetzen. Ich soll mit allen Sex gehabt haben? Ausgerechnet ich? Was für ein Unsinn! Was für eine gemeine Lüge! Die wissen ganz genau, dass ich nicht so bin! Ich habe ja noch nicht einmal jemanden geküsst. Zumindest nicht richtig …

Hilflos wie ein dummes Schaf sitze ich vor unserem Familienrechner, während Athina und die anderen im Netz fiese Lügen über mich verbreiten. Und jeder kann mitmachen! In ihrer Scheiß-»Wir hassen Jessica«-Gruppe.

Inzwischen jagen die Gedanken durch meinen Kopf wie Silberkugeln beim Flippern. Es rappelt und scheppert in meinem Gehirn, wenn einer von ihnen greifbar wird.

Irgendwo tief drin im Netz, ganz weit hinter meinem Monitor, schreiben sie über mich. Wahrscheinlich genau in diesem Moment. Und nicht nur Athina! Es ist eine ganze Gruppe. Eine GRUPPE! WAS genau schreiben sie da? Und vor allem: WER? Nur Athina und ihre Clique oder auch andere?

Ich möchte es selbst lesen. Ich möchte wenigstens wissen, was sie verbreiten. Die Vorstellung macht mich wahnsinnig, dass da im Verborgenen etwas wächst und wächst, das niemand eindämmen kann. Es ist wie ein Tumor im Netz. Ich habe einen Tumor im Netz! Eine bösartige Geschwulst, die man nicht mehr einfach herausschneiden kann.

Mit zittrigen Fingern gebe ich auf SchülerVZ meinen Namen als Suchbegriff ein und finde die Gruppe sofort: »Wir hassen Jessica.«

Tatsächlich. Da steht es.

Schlagartig fühlt es sich an, als hätte jemand meinem Leben den Ton abgedreht. Ich höre nichts mehr und ich fühle mich ganz alleine auf der Welt. Dazu reicht dieser eine Satz und das Gefühl, von allen gehasst zu werden. Fassungslos starre ich auf den Gruppennamen, der so nett in Rosa und Pink auf der Seite leuchtet. Überhaupt sieht hier alles irgendwie harmlos, plüschig und freundlich aus. Kaum zu glauben, dass hier so grausame Dinge passieren.

»Wir hassen Jessica.« In Babyrosa.

Das ist wie ein niedlicher Stofftierkuschelhase mit einem blutigen Hackebeil. Total fehl am Platz. Irgendwie surreal.

SchülerVZ – was soll das überhaupt? Ein soziales (!) Netzwerk für Schüler. SOZIAL! Von wegen!

Mir ist speiübel. Vom Starren auf den Monitor werden meine Augen trocken. Es tut schon weh, nur hinzugucken. Meine Haut juckt und blutet. Ich muss aufs Klo, aber ich kann den Blick nicht abwenden.

Eine Gruppe, denke ich immer wieder. Sind es wirklich schon so viele, dass es sich lohnt, eine Gruppe zu eröffnen? Ich bekomme keine Luft mehr. »Wir hassen Jessica« – dieser Satz raubt mir den Atem, raubt mir das letzte bisschen Kraft.

Alle hassen mich. WARUM? Bin ich so schlimm? Ich habe doch niemandem etwas getan. Ich habe niemandem den Freund ausgespannt, habe sie nie verpetzt, egal was sie getan haben. Wir waren doch sogar mal Freundinnen! Deshalb habe ich immer gehofft, dass die Mobberei von alleine aufhört.

Aber das passiert nicht.

Meine Hand zittert, als ich mit der Maus auf den Gruppennamen fahre und versuche, ihn anzuklicken, versuche, in ihre Welt einzutauchen. Aber es geht nicht. Natürlich nicht. Ich bin ja nicht Teil ihrer Gruppe. Nicht Teil ihrer Welt.

Ich frage mich, wen sie alles eingeladen haben. Auf jeden Fall sind meine ehemaligen Freundinnen (!) Athina, Jasmin und Nadine in der Gruppe. Ganz bestimmt auch Paul und Mehmet. Aber wer sonst noch? Ben? Die ganze Klasse? Dazu noch die Parallelklasse? Alle siebten Klassen? Die ganze Schule? Kerry ist nicht mal besonders beliebt, eher eine Außenseiterin, und selbst DIE ist in dieser Gruppe.

Wieder starre ich auf den Satz.

»Wir hassen Jessica.«

Mich!

Ich fühle mich wie erschlagen. Und ein bisschen wünschte ich, ich wäre es auch. Wenn jetzt einfach die Decke runterkäme, einfach alles beenden würde ... Ich fühle mich, als hätte jemand meine Energieversorgung gekappt. Da ist nichts Festes mehr in mir, nichts Stabiles, nichts, was mich aufrecht hält. Als wäre ich ein Häufchen Brei. Oder Matsch.

Seit anderthalb Jahren geht das nun so. Mal ist es schlimmer, dann wieder leichter. Manchmal lassen sie mich sogar ein paar Tage lang ganz in Ruhe, aber dann geht es wieder los. Meine Haut sieht so schlimm aus wie noch nie. Kein Wunder.

Ich bin müde, total k.o.

Und trotzdem soll ich jeden Tag zur Schule gehen und so tun, als wäre nichts. Mich in den Unterricht setzen, mich auf Mathe und Deutsch konzentrieren und in den Pausen aufpassen, dass ich keinem von denen in die Arme laufe. Die machen sich inzwischen ja schon einen Spaß daraus, mich quer über den Schulhof zu hetzen.

Und jetzt geht es nach der Schule im Internet weiter – *Cyber-Mobbing*. Das ist das Schlimmste, denn es passiert im Verborgenen. Ab jetzt kann ich nicht mehr sagen, wer sich beteiligt, was genau passiert und was sie planen. Mein Feind wird plötzlich unsichtbar und gleichzeitig noch mächtiger. Er ist jetzt überall. Es ist, als würde ich gegen einen bösen Geist kämpfen. Ich konnte mich vorher schon nicht wehren, jetzt zermalmt es mich.

Plötzlich habe ich das Gefühl, als würden sich Beschimpfungen und Demütigungen in der Luft um mich herum verdichten. Ich werde immer kleiner ... Hastig schalte ich den Computer aus, renne in mein Zimmer und stürze bäuchlings auf mein Bett. Ich weine, schlage ins Kissen, ich schreie, so laut ich kann. Bis meine Stimme irgendwann versagt.

Ich kann nicht mehr.

Kapitel 1: 5. Klasse, erstes Halbjahr

*»Ich bin in eine neue Klasse gekommen.
Da habe ich ein paar neue Freundinnen, die
sind aber irgendwie komisch. Sie heißen
Athina, Nadine und Jasmin.«*

Tagebucheintrag von Jessica, Beginn 5. Klasse

»Einmal waren wir im Freibad, als Jessica ungefähr zehn Jahre alt war. Da haben ein paar größere Jungs einen kleineren geärgert, ihn geschubst und ausgelacht.

Jessica ist aufgesprungen und sofort dazwischengegangen. Sie hat die Jungs wütend angebrüllt, dass sie damit aufhören sollen, den Kleinen zu ärgern: ›Ihr könnt sonst gerne mal versuchen, mich so herumzuschubsen!‹, hat sie getobt. Da sind die großen Jungs kleinlaut abgezogen. Und ich war so stolz auf meine Jessica!«

Birgit Gehres, Jessicas Mutter

Die Wuppertaler Gesamtschule liegt nur fünf Gehminuten von meinem Zuhause entfernt. Meine vier Grundschulfreundinnen haben sich dort bereits angemeldet, nur ich zögere noch. Das liegt vor allem daran, dass Anna, meine beste Freundin seit dem Kindergarten, unbedingt auf die etwas weiter entfernte Realschule gehen will, die auch meine ältere Schwester Denise besucht. Ich bin unsicher.

Eine Weile überlege ich mit meinen Eltern hin und her, was ich nun machen soll. Schließlich entscheiden wir uns für die Gesamtschule – einfach weil es praktisch ist und ich zur Schule laufen kann.

Ich freue mich riesig auf die neue Schule. Auch wenn es natürlich ärgerlich ist, den Status der Schulältesten zu verlieren, den wir nach der vierten Klasse auf der Grundschule hatten. Bis jetzt waren die Erstklässler die Babys – nach den Sommerferien sind wir es wieder.

Aber das hat meine neue Gesamtschule sehr schlau gelöst: Alle Fünftklässler sind gemeinsam in einem Gebäudetrakt untergebracht. Wir sind also unter uns und müssen uns nur in den Pausen klein fühlen.

Insgesamt gibt es fünf fünfte Klassen. Dementsprechend ist unser Trakt riesig. Wir sind schwer beeindruckt, als wir auf dem langen Gang unsere Klasse suchen – es ist das dritte Zimmer. Meine vier Grundschulfreundinnen und ich betreten gemeinsam den Raum der 5c.

Am ersten Schultag sind wir ziemlich aufgeregt und wollen natürlich unbedingt zusammen an einem Tisch sitzen, aber leider vermiest unsere neue Klassenlehrerin diesen Plan und verteilt uns kreuz und quer über den Raum. Mich setzt sie direkt neben ein Mädchen, das groß, schön und blond ist. So muss Barbie mit zehn Jahren ausgesehen haben!, denke ich total fasziniert. Denn wenn wir mal bei dem Puppenvergleich bleiben wollen, dann wirke ich neben ihr vermutlich wie ein Monchichi: Zwar habe ich keinen Mecki-Haarschnitt, sondern schöne lange dunkle Haare, aber ansonsten bin ich eher niedlich, kuschelig, freundlich und tendenziell eher rund als lang. Nicht dick, das nicht. Aber eben auch keine Barbie.

Als meine neue Sitznachbarin ihr Federmäppchen herausholt, sehe ich nur noch Pferde. Auf dem Radiergummi, dem Bleistift, dem Mäppchen.

»Magst du Pferde?«, frage ich sie neugierig.

Nadine nickt und erzählt, dass sie – genau wie ich – eine begeisterte Reiterin ist. Damit haben wir gleich ein Gesprächsthema. Ich reite schon, solange ich denken kann, und gehe drei Mal pro Woche in einen nahe gelegenen Reitverein. Nadine erzählt, dass sie sogar ein eigenes Pferd hat und es mir gern zeigen würde. Schon nach der ersten Stunde bin ich richtig froh, dass meine Lehrerin mich neben sie gesetzt hat. Nadine ist wirklich supernett. Was für ein Glück!

Das zweite spannende Mädchen in meiner neuen Klasse heißt Athina. Sie sitzt zwar nicht mit uns am Tisch, fällt mir aber trotzdem sofort auf, weil sie laut und aufgeweckt und kein bisschen schüchtern ist – und das, obwohl sie niemanden in der Klasse kennt! Sie ist genauso groß wie Nadine, hat aber dunkle Locken und leuchtend grüne Augen. Ihre Nase ist etwas groß und spitz, aber das macht ihr Gesicht eigentlich nur noch interessanter. Sie hat sogar schon richtig Busen, wo sich bei mir nur eine leichte Wölbung abzeichnet. Und das Erstaunlichste: Sie trägt ihn stolz zur Schau, während ich meinen am liebsten verstecken würde.

Irgendwie kommt es, dass sich Athina in der Pause zu Nadine und mir gesellt. Wow, da stehe ich nun mit den absolut coolsten Mädchen der Klasse! Sie sehen viel älter aus als ich, sind toll angezogen und tragen beide Miniröcke und Stiefel, während ich mich wie immer ganz unglamourös für Jeans und Sweatshirt entschieden habe. Das Oberteil habe ich von meiner drei Jahre älteren Schwester geerbt, die eher ein sportlicher als ein mädchenhafter Typ ist. Ich bekomme häufig ihre abgelegten Sachen, wenn sie noch in Ordnung sind. Das ist okay. Aber nicht besonders schick und leider überhaupt nicht cool!

Meine neuen Klassenkameradinnen machen sich ganz offensichtlich mehr Gedanken um Mode und gutes Aussehen. Sie sind sogar geschminkt! Ich bin beinahe stolz, dass die beiden ausgerechnet mit mir befreundet sein wollen. Mit mir und mit Jasmin, die sich plötzlich ebenfalls zu uns stellt. Auch sie ist sehr hübsch, aber ein kleines bisschen ungepflegt und ruppig. Sie hat genau wie Athina eine große Klappe und macht mir mit ihrer rotzigen Art ein wenig Angst. Gut, dass ich nun offenbar ihre Freundin bin – ihre Feindin möchte ich nämlich nicht sein!

Zusammen schlendern wir ein wenig über den Schulhof und gucken uns die anderen Schüler an. Wir sind definitiv die coolste Mädchen-Clique im gesamten Fünftklässlerflügel. Da können meine Grundschulfreundinnen natürlich nicht mithalten. Mit denen quatsche ich bald nur noch ab und zu. Meine neuen Schulfreundinnen heißen jetzt Athina, Nadine und Jasmin.

Alle scharwenzeln um uns herum. Sogar die Jungs! Paul und Mehmet verbringen oft die Pausen mit uns. Mehmet ist schon richtig groß, ganz bestimmt der größte Junge in unserem Jahrgang. Er ist sportlich und sieht gut aus. Ich glaube, alle Mädchen finden ihn schön, aber er sich eben auch. Schon allein deshalb würde er mir nie gefallen. Da wäre Paul eher mein Typ. Er hat es, glaube ich, zu Hause nicht leicht, aber das gibt ihm so etwas Verwegenes. Er ist unerschrocken, lässt sich auch von den Lehrern nichts sagen und sieht süß aus: strubbeliges blondes Haar, sportlich und cool angezogen. Meine neuen Freundinnen schwärmen mal für den einen, mal für den anderen. Und nebenbei permanent für Ben, unseren Basketballer. Leider interessiert der sich offenbar noch überhaupt nicht für Mädchen. Trotzdem muss ich meine Pausen jetzt oft am Basketballfeld verbringen, damit Athina, Jasmin und Nadine den tollen Ben beim Dribbeln bestaunen können. Nur mich lässt das alles kalt. Irgendwie interessieren mich Jungs noch nicht besonders.

Ich freue mich vor allem, dass es mir so gut geht und ich plötzlich in dieser angesagten Clique bin, in die jeder reinmöchte.

Natürlich würde ich gerne genauso toll aussehen wie meine neuen Freundinnen. Deshalb frisiere ich meine Haare neuerdings anders und ziehe nicht mehr alles an, was meiner Schwester nicht mehr passt.

Als sich Athina an einem Nachmittag mit mir zum Shoppen in der Innenstadt verabredet, bin ich ganz aufgeregt. Eilig flitze ich nach Hause, um meine Mutter um Erlaubnis zu bitten. Die sagt natürlich sofort Ja. Sie freut sich, dass ich mich in meiner neuen Klasse wohlfühle und so schnell neue Freundinnen gefunden habe. Ich nutze ihre gute Stimmung, um noch einmal mit einem Thema anzufangen, das meiner Mutter ganz eindeutig schon zum Halse raushängt: »Mama, Athina will sich einen neuen Minirock kaufen. Der ist total cool, den habe ich schon auf den Plakaten gesehen. Darf ich den auch haben?«

Mama stöhnt, statt mir zu antworten. Schließlich frage ich nicht zum ersten Mal.

»Mann, Mama, alle tragen Miniröcke«, quengele ich weiter. Alle – außer meiner jungenhaften Schwester. Leider!

Deshalb muss ich hier jetzt anstrengende Pionierarbeit leisten.

Meine Mutter holt tief Luft: »Nur weil alle das tragen, musst du nicht so rumlaufen«, meint sie und wendet sich wieder ihrer Hausarbeit zu. Thema erledigt.

Das ist natürlich ätzend, vor allem weil ich gar nicht verstehe, was sie gegen Miniröcke hat. Die anderen tragen sie ständig! Aber wenigstens darf ich seit Kurzem ab und zu Nagellack benutzen oder meinen neuen blauen Mascara. Ich will neben den anderen ja nicht wie ein Baby aussehen!

»Willst du dir denn nicht etwas anderes kaufen?«, lenkt Mama ein. »Ein T-Shirt oder so?« Dabei hält sie mir fünfzehn Euro unter die Nase, die ich blitzschnell annehme.

»Ich kaufe mir ein kurzes T-Shirt«, verkünde ich strahlend, denn bauchfrei ist gerade total angesagt, und warte ab, ob Mama womöglich auch etwas gegen solche Shirts hat.

Aber sie stöhnt nur: »Bauchfrei? Meine Güte! Aber das ziehst du nicht in der Schule an!«

Ich lächele, weil ich mich freue. Auf mein erstes bauchfreies Shirt! Auch wenn ich zugeben muss, dass die an den schlanken Bäuchen meiner Freundinnen besser aussehen als an mir. Bei Athina ist alles fest, man sieht die Bauchmuskeln, und wenn sie sich bückt, wirft die Haut nur winzige Falten, während sich bei mir kleine wurstdicke Röllchen bilden. Deshalb fühle ich mich ein bisschen plump und unförmig, als ich wenig später neben ihr in der Umkleidekabine stehe und T-Shirts anprobiere. Mit einem Anflug von Neid schiele ich zu meiner großen schlanken Freundin rüber, doch sie fängt meinen Blick im Spiegel auf und lacht mich aufmunternd an.

»Sieht super aus! Das steht dir!«, sagt sie.

Ich lächele unsicher, freue mich aber gleichzeitig über

das Kompliment. Vor allem weil es von Athina kommt. Es ist toll, mit einer so coolen Freundin shoppen zu gehen!

Athina und ich bummeln so lange durch die Geschäfte, bis sie schließen. Erschrocken blicke ich auf die Uhr: »Oh, ich muss jetzt nach Hause«, sage ich zu Athina, die mich enttäuscht ansieht.

»Och, ich dachte, wir gehen noch zu McDoof oder so.«

»Musst du nicht nach Hause?«, wundere ich mich.

Athina schüttelt den Kopf. »Da ist eh keiner. Meine Eltern haben einen Imbiss, die kommen immer spät«, erklärt sie.

Ein bisschen tut es mir leid, Athina hier alleine stehen zu lassen, aber bei mir zu Hause wartet das Abendessen und da sitzt immer die ganze Familie zusammen, ein gemütliches Ritual. Das darf ich nicht verpassen.

Athina bringt mich noch zum Bus. »Bis morgen!«, sagt sie und ich strahle sie an.

»Bis morgen! Das war schön heute!«

Ich fühle mich richtig erwachsen, als ich mit dem T-Shirt in der Tüte in den Bus steige. Wie ein Teenager. Ich kann es kaum erwarten, zu Hause meine Shoppingbeute vorzuführen und von dem schönen Nachmittag zu berichten. Aber erst einmal redet nur meine Schwester.

Denise erzählt stolz von ihrer gemeinnützigen Arbeit in unserer Kirchengemeinde.

Ich habe mit unserer Kirche nicht so viel am Hut. Klar begleite ich meine Schwester ab und zu und helfe ihr manchmal, aber ich hätte keine Lust, meine gesamte Freizeit in der Gemeinde zu verbringen. Stattdessen gehe ich lieber in den Reitstall oder – ganz neu – mit Athina shoppen. Ich bin richtig überdreht, als ich beim Abendessen endlich von meinem Bummelnachmittag mit meiner tollen neuen Freundin erzählen kann.

Denise rollt demonstrativ mit den Augen, sie kann mit Shopping nichts anfangen, aber Mama und Papa lächeln mich erfreut an: »Na, da haben wir ja anscheinend die richtige Entscheidung getroffen mit deiner Schule«, sagt Papa und ich nicke zufrieden. Mir geht es richtig gut!

Sogar meine Noten sind super. Ich bin definitiv eine der Klassenbesten – zusammen mit Nadine, meiner Tischnachbarin. Und obwohl ich sie wirklich gerne mag, eine Sache nervt mich an ihr: Immer wenn wir eine Klassenarbeit zurückbekommen, macht sie einen richtigen Konkurrenzkampf daraus, wer die bessere Note hat. Das ist total anstrengend! Mama glaubt: »Das liegt bestimmt an ihren Eltern.« Und ich vermute, sie hat recht. Nadines Eltern haben eine Anwaltskanzlei und nehmen sich kaum Zeit für ihre einzige Tochter – das Einzige, was sie interessiert, sind Nadines Noten oder ob jemand anders aus der Klasse womöglich besser war als sie. Meine Eltern haben ein bisschen Mitleid mit Nadine – irgendwo muss meine Schwester ihre soziale Ader ja herhaben!

»Magst du Nadine nicht mal fragen, ob sie am Wochenende mit uns ins Schwimmbad will?«, schlägt mein Papa deshalb vor.

Ich freue mich. Bisher war ich mit meiner neuen Freundin immer nur bei ihrem Pferd. Ich finde es toll, wenn wir jetzt auch mal etwas anderes zusammen unternehmen.

»Ins Schwimmbad? Mit deiner Familie?«, fragt Nadine noch einmal nach, als ich ihr am nächsten Schultag von der Idee erzähle. Ich nicke. Und sie strahlt mich an: »Super! Gerne!«

Auf dem Weg zum Klassenraum hakt sie sich bei mir unter. »Meine Eltern unternehmen am Wochenende nie was mit mir«, sagt sie. Jetzt tut mir Nadine auch leid. Wir machen ständig irgendwelche Ausflüge zusammen.

Weil meine Eltern Nadine ebenfalls nett finden, nehmen wir sie von da an häufiger mit. Zum Wandern, zum Minigolfen, zum Schwimmen. Nur Denise, meine große Schwester, ist davon nicht so begeistert: »Ich mag Nadine nicht. Ich habe irgendwie ein komisches Gefühl bei ihr«, sagt sie bei jeder Gelegenheit. Anscheinend hat sie von uns allen die beste Menschenkenntnis ... Aber das zeigt sich erst nach etwa vier Monaten.

Unsere Clique ist inzwischen unzertrennlich – Athina, Nadine, Jasmin, Paul, Mehmet und ich. Schon vor dem Unterricht treffen wir uns in der großen Eingangshalle, von der aus unser Fünftklässlerflügel abgeht. Da stehen wir und quatschen, gehen dann kurz vor dem Klingeln geschlossen in den Klassenraum, den wir in den Pausen und nach Schulschluss auch wieder gemeinsam verlassen. Meistens stehen wir auch nach Schulschluss noch ein bisschen zusammen. Und da sagt Athina plötzlich: »Ich war neulich bei Nazan zu Hause.«

Ich sehe sie überrascht an. Nazan ist ein kleines pummeliges Mädchen aus einer Nachbarklasse. Sehr zurückhaltend, total unauffällig. Ich hätte gar nicht gedacht, dass Athina und sie sich überhaupt kennen.

Athina erzählt: »Die hat in ihrem Zimmer einen Voodoo-Schrein aufgebaut. Wisst ihr, warum? Die denkt, sie wäre eine Hexe.«

Alle lachen, obwohl eigentlich keiner diese Geschichte glaubt. Mehmet, unser Cliquen-Clown, muss das Ganze natürlich noch toppen: »Voll krass, die ist voll verliebt in mich.«

Nadine stupst ihm lachend gegen die Schulter: »Ja klar, Mehmet, das sind sie doch alle.«

»Nein, wirklich!«, behauptet Mehmet, woraufhin Athina und Jasmin einen Lachanfall bekommen, was Mehmet natürlich noch mehr anspornt: »Die will mich verhexen, damit ich sie entjungfere.«

Nadine und ich sehen uns an und ziehen die Augenbrauen hoch, aber Athina und Jasmin schmeißen sich weg. So lustig finde ich das gar nicht. Und Paul offenbar auch nicht: »Ich muss jetzt los«, erklärt er mitten ins allgemeine Gelächter und hebt die Hand zum Abschied. Aber da setzt sich ganz automatisch schon der gesamte Tross in Bewegung, damit wir gemeinsam das Schulgebäude verlassen. Immer gemeinsam.

Am nächsten Morgen stehen wir wieder im Foyer und warten auf Paul, der ziemlich zuverlässig immer als Letzter eintrifft. Gerade schaut Athina wieder zum Eingang, da zischt sie: »Die Hexe kommt.«

Wir drehen uns um und kichern nervös, als wir Nazan entdecken, die wie immer mit gesenktem Kopf den Fünftklässlerflügel ansteuert. Da taucht direkt hinter ihr plötzlich Pauls blonder Wuschelkopf auf. Er sagt irgendetwas zu der kleinen Nazan, die nicht einmal aufschaut, und gibt ihr dann im Überholen einen heftigen Schubs. Nazan taumelt und stolpert zu Boden. Paul grinst zu uns herüber und wir kichern los, obwohl mir gar nicht richtig zum Kichern zumute ist. Es ist so ein hysterisches Stresslachen.

Was war das denn jetzt?

Als Nazan sich kurz darauf wortlos wieder aufrappelt und in Richtung Klassenraum verschwindet, sieht Nadine einen Augenblick zu mir herüber. Unsere Augen treffen sich –

irgendwie wissen wir beide nicht, mit der Situation umzugehen, sagen aber keinen Mucks. Athina, Jasmin, Mehmet und Paul dagegen klatschen sich begeistert ab, johlen und brüllen irgendetwas über *die Hexe, die geflogen ist* und so. Mir ist ein bisschen schlecht, als ich zum Klassenraum gehe. Aber richtig in Worte fassen kann ich das Ganze nicht.

In den folgenden Tagen hoffe ich immer, dass wir Nazan nicht begegnen, denn sobald wir ihren Weg kreuzen, geht das Geschubse und Geläster wieder los. Allmählich macht auch Nadine mit und merkwürdigerweise auch die anderen Schüler aus unserem Flügel. Es breitet sich wie eine Seuche aus. Bald sieht man Nazan in den Pausen regelmäßig stolpern oder am Boden liegen, weil ihr wieder irgendjemand ein Bein gestellt oder sie geschubst hat. Das wird zu einer Art Schulsport in unserem Flügel. Alle lachen über Nazan und jeder kennt inzwischen die Geschichte mit dem Voodoo-Schrein und ihrer Schwärmerei für den schönen Mehmet. Und dann sehen wir Nazan plötzlich gar nicht mehr. Offenbar rennt Nazan nun immer kurz vor Stundenbeginn mit dem Lehrer zusammen in den Unterricht und hat für die Pausen ein gutes Versteck gefunden.

Bis Mittwoch entgeht Nazan damit neuen Attacken. Aber dann haben wir Sport zusammen mit Nazans Klasse. Sie hat sich in der hintersten Ecke der Umkleidekabine verkrochen, steht mit dem Rücken zu uns und zieht sich gerade eilig um. Athina und Jasmin entdecken sie natürlich gleich beim Reinkommen. »Ah, sieh mal da, die Hexe!«, ruft Athina laut. Jasmin lacht. Wie abgesprochen steuern beide sofort auf sie zu. Groß und bedrohlich.

Nazan dreht sich um und zuckt vor Schreck zusammen. Ängstlich starrt sie Athina und Jasmin an. Sie sagt nichts, sie macht nichts, sie steht nur da – in Bustier und Jogginghose – und guckt entsetzt.

Ich erkenne die Furcht in ihren Augen und halte die Luft an. Genau wie die anderen Mädchen in unserer Umkleidekabine. Wir sind übrigens vierunddreißig! Aber es ist mucksmäuschenstill – als wären Athina und Jasmin alleine mit Nazan im Raum. Man kann jede ihrer Bewegungen hören, jeden Schritt, mit dem sie sich langsam ihrem Opfer nähern. Plötzlich springt Athina vor und schnappt sich Nazans Hände. Die kleine Nazan kreischt auf und versucht, sich zu wehren. Sie will ihre Hände befreien und schreit dabei sogar um Hilfe, aber der deutlich größeren und stärkeren Athina hat sie natürlich nichts entgegenzusetzen. Niemand reagiert auf ihren Hilferuf. Ganz im Gegenteil: Ein Mädchen schließt sogar die Tür, damit draußen keiner hören kann, was in der Kabine los ist.

Alle anderen Schülerinnen stehen reglos da. Keine traut sich einzugreifen. Keine sagt etwas. Atemlos beobachten wir, wie Athina Nazan einfach umdreht und mit dem Gesicht brutal gegen die Wand drückt. Nun springt Jasmin nach vorne und zieht der wimmernden Nazan die Jogginghose runter. Ich bin wie erstarrt, aber ein paar meiner Mitschülerinnen fangen an zu kichern, als sie Nazan da an die Wand gepresst stehen sehen, mit halb heruntergezogener Jogginghose und in rosa Schäfchenwäsche.

Es ist so erniedrigend, dass ich es kaum ertragen kann. Aber ich sage nichts und kann den Blick dennoch nicht abwenden.

Plötzlich brüllt Nadine neben mir: »Wow, schicke Unterhose!«, woraufhin einige Schülerinnen anfangen zu lachen. So laut, dass Nazans Weinen nicht mehr zu hören ist.

Nun löst sich Natalie aus unserer Gruppe und geht mit

gezücktem Handy auf Athina, Jasmin und Nazan zu: »Haltet sie noch mal kurz fest, ich mache ein Foto.«

Klar, dass Natalie sich da einmischt! Sie schleicht ständig um uns herum und versucht, in unsere Clique zu kommen. Da wittert sie jetzt natürlich ihre Chance, sich mal wieder kräftig einzuschleimen. Athina und Jasmin finden ihre Idee großartig: »Ja, super, Natalie! Aber mach schnell!« Nazan versucht wieder, sich zu wehren. Mit aller Kraft will sie sich aus Athinas Umklammerung befreien, doch die drückt Nazan nur noch fester gegen die Wand. Nazan hat keine Chance.

Später beim Sportunterricht sehen ihre Augen verheult aus. Ich schiele manchmal zu ihr rüber – zu dem kleinen unsportlichen Mädchen in dem ausgeleierten Jogginganzug. Nazan hält den Blick ständig gesenkt und sieht niemandem ins Gesicht. Und sie steht immer alleine an der Seite.

Ich fühle mich schlecht.

Am Nachmittag bekomme ich übers SchülerVZ eine Einladung von Athina zu einer neuen Gruppe geschickt. Sie heißt: »Willst du mal die hässlichste Unterhose der Welt sehen?« Neugierig klicke ich die Nachricht an und prompt erscheint Nazans Bild. Es ist leicht unscharf und ziemlich dunkel. Athina und Jasmin sind kaum zu erkennen. Im Prinzip sieht man nur eine heruntergezogene rosa Jogginghose und einen riesigen Po, der in einem labbrigen Schäfchenschlüpfer steckt. Im ersten Augenblick und ohne Nazans jämmerliches Weinen und das ganze Drumherum sieht das Bild jetzt schon ein bisschen lustig aus.

Ganz schön peinlich!

Aber dann fällt mir wieder ein, wie die kleine Nazan

gewimmert hat, als Athina sie grob gegen die Wand gepresst hat. Das war schrecklich. Daran möchte ich lieber nicht mehr denken! Und keiner hat etwas gesagt, keiner hat Nazan geholfen.

Obwohl Athina das Bild gerade erst eingestellt hat, gibt es schon unzählige gemeine Kommentare. Ich staune, wie viele Leute Zugang zu der neuen Gruppe haben. Athina hat offenbar fast die ganze Schule eingeladen, um sich Nazans Unterhose anzuschauen. Plötzlich wird mir richtig schlecht und ich klicke das Foto schnell weg, um nicht mehr an die ganze Sache erinnert zu werden.

»Jessica!«, tönt es aus der Küche. »Deine Stunde ist um.« Ich zucke zusammen und fahre sofort den Rechner runter. Damit ich nicht zu viel vor dem Computer sitze, haben meine Eltern meine Internetzeit auf eine Stunde am Tag begrenzt. Gerade bin ich ziemlich froh, Abstand zwischen mich und den Rechner zu bringen. Ich möchte damit nichts zu tun haben. Mit dieser Flut von Häme und Gehässigkeit.

»Außerdem gibt es gleich Abendessen!«, ruft meine Mutter noch hinterher.

Ich atme tief durch. Zu diesem Zeitpunkt kennt wahrscheinlich schon jeder Schüler von der fünften bis zur zehnten Klasse Nazans Bild. Wahnsinn, wie schnell das geht, wie schnell sich das im Netz verbreitet! Es ist unheimlich ... Und keiner fragt nach, wie das Foto überhaupt entstanden ist. Nein, alle hacken nur auf Nazan rum. Dabei hat sie gar nichts getan. Und die, die etwas getan haben, sind die Coolen. Das fühlt sich falsch an. Mit diesen Gedanken setze ich mich an den Esstisch.

»Ist alles in Ordnung?«, fragt Mama, als ich neben ihr auf meinem Brot herumkaue. Ich nicke bloß. Normalerweise plappere ich beim Essen, dass Mama manchmal fragt, ob ich zwischendurch nicht mal Luft holen müsste. Aber heute Abend bin ich ruhig und nachdenklich. Ich habe ein ungutes Gefühl bei dieser Nazan-Geschichte und fühle mich hin- und hergerissen. Schließlich sind meine Freundinnen die Drahtzieherinnen. Meine Clique, in der jeder sein möchte. Aber in Ordnung ist das nicht, so viel ist klar. Allerdings werde ich mich hüten, das laut zu sagen. Ich meine: Athina gibt bei uns ganz klar den Ton an. Da werde ich mich bestimmt nicht gegen sie stellen. Stattdessen hoffe ich, dass diese Mobberei gegen Nazan nun aufhört. Jetzt hatten sie doch ihren Spaß, jetzt können sie Nazan wieder in Ruhe lassen.

Tun sie aber nicht. Ganz im Gegenteil.

Seit dieser Fotoaktion hacken noch mehr Schüler auf Nazan rum. Jeder verspottet sie und macht sich über sie lustig. Die Schüler rufen laut »Mäh!«, wenn Nazan an ihnen vorbeiläuft. Die Arme! Ich kann richtig spüren, wie sehr sie sich schämt. Es ist ein Albtraum! Ich möchte mir nicht einmal vorstellen, dass mich die ganze Schule in Unterhose kennt. Und dann noch dazu in so einer! Auch wenn Nazan vielleicht nicht weiß, dass es diese Gruppe im SchülerVZ gibt, kriegt sie doch mit, dass jeder dieses Foto kennt.

Die ganze Zeit hat sie alles Geläster, jede Lüge, jeden Angriff ertragen. Aber nun wird es ihr zu viel. Der unsichtbare Gegner im Internet ist zu groß und zu mächtig und unkontrollierbar. Irgendwann hören wir, dass Nazan heulend im Unterricht zusammengebrochen ist. Athina zuckt nur mit den Schultern, als sie das erfährt, und Mehmet macht wieder irgendeinen blöden Spruch.

Am nächsten Morgen sehen wir Nazan zusammen mit ihren Eltern auf dem Weg zum Schulleiter. Ich habe ein höllisch schlechtes Gewissen und richtig Angst, dass wir jetzt Ärger bekommen, obwohl ich ja definitiv nichts gemacht habe. Gar nichts. Mal abgesehen davon, dass ich es nicht verhindert habe. Aber das ist ja nicht strafbar, oder?

Sogar Athina erscheint mir an diesem Morgen etwas kleinlauter als sonst und sogar Jasmin hält ausnahmsweise mal die Klappe. Angespannt sitzen sie im Unterricht und schrecken jedes Mal zusammen, wenn sich etwas auf dem Flur tut.

Nadine flüstert mir leise zu: »Meinst du, das gibt Ärger?«

Ich zucke bloß mit den Schultern, aber dann kommt unsere Deutschlehrerin Frau Stein schon auf uns zugeschossen: »Ruhe! Im Unterricht wird nicht gequatscht.« Und weil Frau Stein mit Abstand unsere strengste Lehrerin ist, sagen Nadine und ich tatsächlich keinen Mucks mehr und schielen nur schweigend zu Athina und Jasmin rüber, die nervös auf ihren Plätzen hin und her rutschen.

Natalie hat in der ersten großen Pause natürlich nichts Besseres zu tun, als jedem zu erklären, dass sie das Bild ja lediglich für Athina und Jasmin geschossen habe. Und dass sie es ihnen gegeben und nichts mit der Verbreitung übers SchülerVZ zu tun habe. So eine Pfeife! Auch Mehmet findet das total daneben und bringt es auf Mehmet-Art zum Ausdruck: »Das ist doch eine Nutte!«, sagt er. Und Athina guckt, als würde sie »der Nutte« auch gerne mal sagen, was sie von ihr hält.

Wir stehen eng beieinander und warten, was passiert. Ob ein Lehrer kommt und uns mitnimmt.

Aber es passiert nichts!

Kein Lehrer ruft Athina und Jasmin zu sich, genauso wenig wie der Schulleiter, und ich merke, dass sich die beiden allmählich wieder entspannen. Als das Klingeln unsere Pause beendet, sind sie schon beinahe wieder so laut und aufgedreht wie immer und ich denke erleichtert: Wenn es keinen Ärger gibt, kann es gar nicht so schlimm gewesen sein.

Die einzige Reaktion zu diesem Vorfall kommt von unserem Klassenlehrer. Er hält uns einen etwa 20-minütigen Vortrag zum Thema »Mobbing«, dass das nicht in Ordnung wäre, das arme Opfer, bla, bla, bla. Ganz ehrlich, das interessiert doch keinen, was der erzählt. Fakt ist: Es gibt keinen Ärger. Und das Opfer verlässt die Schule.

Das Opfer! Nicht die Täter!

Was für ein Triumph für Athina und Jasmin! In den folgenden Tagen brüsten sie sich mit ihrer tollen Fotoaktion: »Voll lustig, wie die da stand in ihrer hässlichen Unterhose. Und wie sie gewimmert hat!« Und dann machen sie Nazans Heulen nach und klatschen sich auf die Schenkel. Natalie versucht, sich wieder einzuschmeicheln, und Athina und Jasmin scheinen ihr überhaupt nicht übel zu nehmen, dass sie sich kurzzeitig von der ganzen Aktion distanziert hatte.

Das verstehe ich nicht!

Durch dieses sensationelle Erfolgserlebnis beflügelt, suchen sich Athina und Jasmin schnell neue Opfer, über die sie irgendwelche Lügengeschichten verbreiten können. Nach dem Erfolg der ersten Aktion macht auch Nadine richtig mit. Und so erzählen sie, dass ein Mädchen mit ihrer Mutter Küssen üben würde. Eine andere befriedigt sich angeblich mit einer Gurke selbst. Die Nächste ist eine Schlampe und hat mit jedem Sex. Ich habe das Gefühl, dass sie sich richtig Mühe geben, sich besonders absurde Geschichten auszudenken, die jedes andere vorher gestreute Gerücht noch übertreffen. Sie pöbeln und schubsen und bald sind wir nicht mehr die coolste Clique unseres Flügels, sondern vor allem die gefürchtetste. Keiner möchte sich mit uns anlegen, alle schleimen sich ein, in der Hoffnung, damit unseren Attacken zu entgehen.

Ich fühle mich zwar nicht wohl dabei, bin aber wirklich froh, dass ich nicht über den Schulhof geschubst werde, sondern Teil der Clique bin. Außerdem ist das wirklich total verrückt: *Eigentlich* sind ja alle aus der Clique nett. Wenn ich nachmittags mit Athina bummeln gehe oder mit Nadine zum Reiten, haben wir richtig viel Spaß und lachen und albern herum. Dann fühlt es sich wieder so an wie früher und ich bin gelöst und glücklich.

Die sind nicht böse!

Auch wenn sie sich so benehmen.

Das alles verwirrt mich und ich weiß nicht, wie ich damit umgehen soll.

Mit meinen Eltern kann ich nicht darüber sprechen und mit meiner Schwester Denise auch nicht. Ich weiß eh, was sie mir raten würden: »Du musst dich vor die Opfer stellen! Du musst denen sagen, dass das so nicht geht. Und wenn sich nichts ändert, musst du mit einem Lehrer darüber sprechen.«

Als ob das so einfach wäre! Denise, ja, die würde das sofort machen. Die ist aber auch ganz anders als ich. Laut und mutig und selbstbewusst. So bin ich nicht! Ich bin für alle immer die liebe, freundliche, lustige Jessica. Schon deshalb kann ich es meiner Familie nicht erzählen. Weil das, was ich mache beziehungsweise nicht mache, überhaupt nicht lieb, freundlich und lustig ist. Aber mir gefällt dieses brave, gute Jessica-Bild, das sie von mir haben. Ich wünschte nur, ich selbst hätte es auch noch. Stattdessen liege ich abends oft im Bett und kann mich selbst nicht leiden.

Nicht einmal meiner besten Freundin Anna erzähle ich davon, was an meiner Schule los ist. Wir sehen uns seltener, seit wir auf verschiedene Schulen gehen, und ich rede mir ein, dass ich sie nicht belasten möchte. Aber in Wirklichkeit schäme ich mich. Weil ich weiß, dass jeder mein Verhalten verurteilen würde, weil ich es doch selbst verurteile.

Und trotzdem laufe ich in jeder neuen Pause meiner Clique hinterher, die sich ständig neue Opfer sucht. Wir lachen uns schief, wenn wir merken, dass Leute uns aus dem Weg gehen. In unserem Flügel sind wir an der Macht! Dadurch fühlen wir uns stark und unantastbar.

In einer Pause entdeckt Mehmet plötzlich Daniel, einen Jungen aus einer anderen Fünften, der ganz alleine in dem Steingarten unserer Schule sitzt. Mit einem Kopfnicken deutet er in Daniels Richtung und sofort schlendern wir gemeinsam zu ihm rüber.

Daniel ist ein etwas merkwürdiger Typ. Sehr klein, schmächtig, mit hervorquellenden Augen und einer Hakennase. Freunde hat er nicht, zumindest nicht in der Schule, und ich hatte auch nie das Gefühl, dass er welche suchen würde. Stattdessen hängt er meistens alleine rum und sagt auch im Unterricht kein Wort, es sei denn, ein Lehrer nötigt ihn dazu. Ein komischer Vogel. Jetzt sitzt er in diesem Steingarten am Boden und sortiert seine Yu-Gi-Oh-Karten.

Mehmet beugt sich zu ihm runter, nimmt ein paar Karten, zerreißt sie und lässt sie dann auf Daniel herunterregnen. Wir kichern. Und Daniel sieht uns erst ziemlich gleichgültig an, dann wendet er sich desinteressiert ab und sortiert seine übrig gebliebenen Karten weiter.

Mehmet schnauft. Mit dieser Reaktion hat er offenbar nicht gerechnet. Ich allerdings auch nicht. Verunsichert sehen wir von einem zum anderen. Sogar das Kichern ist uns vergangen.

Was machen wir denn mit so einem?

Mehmet steht da wie ein Wolf mit gefletschten Zähnen, den das Babyhäschen nicht einmal beachtet. Ich sehe es ihm an: Er fühlt sich wie ein Trottel. Das kann der stolze Mehmet nicht auf sich sitzen lassen! Wütend schreit er Daniel an: »Mach was, du Scheiß-Jude!«

Mein Herz beginnt zu rasen. Aber Daniel sieht nicht einmal auf. Ich würde jetzt am liebsten weitergehen, so tun, als wäre nichts gewesen, aber Mehmet fühlt sich herausgefordert. Er holt aus und schlägt Daniel mit der flachen Hand so fest ins Gesicht, dass es dessen Kopf richtig zur Seite schleudert. Ich zucke zusammen. Gewalt macht mir Angst. Das kenne ich nicht. Bei mir zu Hause wird Gewalt verurteilt. So bin ich erzogen worden. Und nun stehe ich hier auf dem Schulhof und sehe tatenlos zu, wie ein schmächtiger Junge von einer fünfköpfigen Truppe fertiggemacht wird. Aber ich fühle mich wie ohnmächtig und nicht in der Lage zu handeln. Ich traue mich einfach nicht.

Doch dann passiert etwas, womit keiner von uns gerechnet hätte. Plötzlich springt Daniel auf. Sein ganzer Körper ist angespannt, sein Blick unglaublich wütend, so viel Kraft und Energie und Entschlossenheit habe ich noch nie bei jemandem gesehen. Er stürmt auf den deutlich größeren Mehmet zu und gibt ihm einen solchen Schubs, dass der mit Schwung nach hinten fliegt, umfällt und auf den Hinterkopf knallt. Wie erschossen bleibt Mehmet auf dem Rücken liegen, während Daniel scheinbar nur darauf wartet, dass sich sein Kontrahent wieder aufrappelt.

Sofort kommen unzählige Schüler angerannt. Manche schreien, als sie Mehmet am Boden liegen sehen. Dadurch wird auch Frau Hecht, unsere Unterstufenleiterin, auf die Sache aufmerksam. Sie scheucht energisch alle Schüler beiseite und zieht dann Mehmet wieder auf die Füße. Streng ordnet sie den beiden Streithähnen an, ihr zu folgen: »Los, mitkommen. Ins Lehrerzimmer!«, befiehlt sie.

Nach einer Schrecksekunde rennen ihr Paul und Athina hinterher, um zu bezeugen, dass Daniel sich ganz ohne Grund auf den armen Mehmet gestürzt habe. Jasmin, Nadine und ich sehen uns erst mit großen Augen an, dann kichern wir ein bisschen. Ich gluckse: »Der kleine Daniel, wer hätte das gedacht?« Nun prusten wir richtig los. Was für eine verrückte Geschichte! Wie Mehmet geguckt hat! Jasmin, Nadine und ich können uns gar nicht beruhigen.

Irgendwie erleichtert es mich, dass sich endlich einmal jemand gewehrt hat. Es ist gut zu wissen, dass das möglich ist. Vor allem muss ich nun gar kein schlechtes Gewissen haben, dass ich dabeistand. Es ist alles gut. Und ein bisschen hoffe ich, dass meine Clique nach dieser Schlappe wieder aufhört, alle zu schikanieren.

Aber leider erfüllt sich mein Wunsch nicht. Lediglich den kleinen Daniel lassen sie jetzt in Ruhe. Absurderweise gilt ausgerechnet er jetzt als unberechenbarer Schläger. Aber ich weiß nicht, ob ihn das stört. Vielleicht ist Daniel auch einfach nur froh, dass er jetzt ungestört im Steingarten seine Yu-Gi-Oh-Karten sortieren kann.

Mittlerweile nervt mich dieser ganze Terror, den meine Clique verbreitet. Ich bin noch immer schockiert, wie brutal Mehmet bei Daniel vorgegangen ist und wie schnell er zugeschlagen hat. Ich habe keine Lust mehr, als Schrecken der Schule herumzulaufen und immer Angst zu haben, dass sich die Aggression meiner Clique plötzlich gegen meine alten

Grundschulfreundinnen richtet. Ich habe zwar kaum noch Kontakt zu denen, aber passieren soll ihnen auch nichts. Ständig bin ich angespannt und erfinde Ausreden, warum ich in der Pause nicht mit der Clique mitgehen kann. Es ist schwierig, so viel Abstand wie möglich zu halten und trotzdem ein fester Bestandteil der Clique zu bleiben. Schließlich möchte ich auf keinen Fall selbst in ihr Visier geraten!

Während ich mich in unserer Truppe zunehmend unwohler fühle, blüht Athina richtig auf. Sie ist unsere ungekrönte Königin und herrscht damit sozusagen über die ganze Unterstufe. SIE entscheidet, wer in Ruhe gelassen wird und wer das nächste Opfer ist.

Eine Zeit lang mobbt die Clique wahllos mal diesen, mal jene, aber dann versteift sich Athina plötzlich auf ein »festes« Opfer, auf das fortan richtig Jagd gemacht wird: Sina.

Ich bin überrascht, denn Sina war in der Grundschule gut mit Jasmin befreundet und ist deshalb lange Zeit verschont geblieben. Aber offenbar ist diese Schonfrist nun vorbei – warum auch immer ... Denn eigentlich fällt Sina gar nicht ins übliche Beuteschema meiner Clique. Sie ist nicht so ein Außenseiter-Typ wie Daniel oder Nazan. Sie ist richtig nett und immer hilfsbereit. Ein Sonnenschein mit Sommersprossen und wilden rotbraunen Haaren. Noch dazu ist Sina einigermaßen beliebt.

Sina wehrt sich nicht und obwohl sie viele Freunde hat, stellt sich keiner vor sie – aus Angst. Ich meine, die anderen haben in der Vergangenheit ja mitbekommen, wozu meine Clique fähig ist. Und wer möchte sich schon mit heruntergelassener Hose im SchülerVZ wiederfinden?

Mit Staunen und Erschrecken stelle ich fest, was Mobbing aus den Opfern macht: Schon nach wenigen Tagen Hetze hat sich die fröhliche Sina in ein einsames, verängstigtes Mädchen verwandelt. Panisch huscht sie durch die Gänge. Immer auf der Flucht. Man sieht ihr die Anspannung und Nervosität richtig an. Sie tut mir unendlich leid. Als wir am Freitag wie jeden Morgen vor Schulbeginn noch ein bisschen im Foyer herumlungern und die Ankunft der anderen Schüler beobachten, sehen wir sie wieder. Mit gesenktem Kopf und gebeugten Schultern drückt sich Sina durch den Eingang und versucht, unbemerkt in unsere Klasse zu verschwinden.

Athina lacht gehässig. Sie genießt ihre Macht, denke ich angewidert. Athina beugt sich ein Stück vor und sofort rücken wir alle ein Stück näher an sie heran, um zu hören, was »die Chefin« sagen möchte. Athina zischt: »Ey, heute nach der Schule gehen wir hinter der her! Die läuft doch auch zum Bus, da schnappen wir sie uns. Und dann machen wir der mal so richtig Angst! Und wenn sie heult oder so, schießen wir ein Foto. Ein richtig peinliches. Das stellen wir dann ins Netz. Okay?«

Mehmet ist sofort Feuer und Flamme: »Ja, wir machen die Schlampe fertig«, freut er sich.

Jasmin und Nadine kichern – wie immer – und ich merke, wie sich alles in mir verkrampft. Ich will Sina nicht verfolgen, um sie fertigzumachen! Ich will nicht, dass ihr Kopf so brutal zur Seite geschleudert wird wie der von Daniel. Und vor allem will ich nicht, dass ihr Bild im Internet landet wie das von Nazan. Das Unterhosenbild findet man noch heute im SchülerVZ. Nazan ist für alle Zeiten gebrandmarkt. Definitiv!

Ich will nicht, dass Sina dasselbe passiert. Ich will das alles nicht! Merken die nicht, was sie den Leuten damit antun? Das ist kein Streich mehr, kein Spaß. Das ist kriminell und gefährlich! Mir ist richtig übel. Aber meine »tollen« Freunde sind viel zu sehr mit sich und ihrem verwegenen neuen Plan beschäftigt, als dass sie merken würden, wie ich mich ein Stück von ihnen abwende. Während sie sich auf dem Weg zum Klassenraum ausmalen, wo und wie sie Sina nach der Schule auflauern werden, lasse ich mich ein Stück zurückfallen und laufe ihnen nachdenklich hinterher. Ich habe keine Ahnung, wie ich die geplante Attacke verhindern soll, aber ich muss Sina warnen!

In unserer langen Mittagspause flitze ich unter einem Vorwand vor den anderen aus dem Klassenraum und rase in die Mensa, um nach Sina Ausschau zu halten. Hektisch sehe ich mich um. Mein Herz rast, als müsste ich als Doppelnull-Agentin die Welt retten.

Dann endlich entdecke ich Sina mit anderen Mädchen an einem langen Tisch, wo sie gedankenverloren ihren Milchreis löffelt. Ich mache gerade den ersten Schritt in ihre Richtung, als ich aus dem Augenwinkel sehe, wie Athina den Saal betritt. Mist! Ich unterdrücke den lächerlichen Impuls, mich sofort zu ducken, damit sie mich nicht sieht, denn das ist doch Quatsch! Es ist ja wohl okay, wenn ich mal alleine durch die Mensa laufe.

Aber meine Mission ist gescheitert ...

Ich bemühe mich, so schnell wie möglich zu meiner Clique zu kommen, aber keiner fragt, warum ich so hektisch aus der Klasse gestürzt bin. Schließlich haben sie ein viel spannenderes Thema: Sie beratschlagen, wie sie das mit Sina nach der Schule anstellen können. Darauf scheinen sie sich richtig zu freuen. Bis jetzt waren ihre Aktionen eher spontan – diesmal planen sie das Ganze intensiv. Lustlos stochere ich in meinem Essen herum. Mein Hals ist wie zugeschnürt. Wenn die wüssten, was ich vorhabe! Ein bisschen zweifele ich schon an meinem gewagten Plan. Was, wenn meine Leute mitbekommen, dass ich Sina warnen wollte? Daran darf ich nicht mal denken!

Währenddessen hat Sina ihren Milchreis aufgegessen und steht auf. Spontan springe ich auf und erzähle den anderen irgendetwas von einem Termin mit unserem Englischlehrer: »Oh, nein, Herr Dierbach wartet. Das habe ich ja ganz vergessen!«, schwindele ich, während Sina bereits durch die Mensatür verschwindet. Jetzt aber schnell hinterher!

Obwohl ich nur kurz nach ihr durch die Tür schlüpfe, kann ich Sina nirgends entdecken. Hektisch schaue ich mich um. Wohin kann sie so schnell verschwunden sein? Als ich in Richtung Schulhof blicke, sehe ich gerade noch, wie ein blauer Eastpak-Rucksack, auf dem in großen weißen Buchstaben »LOSER« steht, im Schulklo verschwindet. Sina! Perfekt!

Bevor ich ihr folge, vergewissere ich mich, dass mich niemand aus meiner Clique beobachtet, dann spurte ich über den Hof in Richtung Toilette und öffne vorsichtig die Tür. Der Waschraum ist leer, Sina ist offenbar auf dem Klo. Jetzt muss ich auch noch warten! Mist! Jede Sekunde kommt mir wie eine Ewigkeit vor, bei jedem Geräusch zucke ich zusammen. Wenn jetzt Athina oder Jasmin die Tür zum Waschraum öffnen, bin ich erledigt. Aber dies ist meine einzige Chance, Sina noch rechtzeitig vor Schulschluss abzupassen.

Als sie nach einer gefühlten Ewigkeit endlich spült und die Klotür öffnet, zuckt sie zusammen, sobald sie mich sieht. Kurz entschlossen dränge ich sie zurück in ihre Kabine. Sina sieht mich erschrocken an und ist vor Angst wie gelähmt.

Es ist verrückt, was Angst mit einem Menschen macht!

»Ich muss mit dir reden!«, schnaufe ich. Vor lauter Aufregung und der ganzen Rennerei bin ich richtig außer Atem.

Sina scheint meine eigene Angst und Anspannung instinktiv wahrzunehmen, wodurch sie erstaunlich schnell die Fassung zurückerlangt. Ruckartig befreit sie ihren Arm aus meiner Hand – ich hatte gar nicht gemerkt, dass ich sie so fest gepackt hatte. »Mann, Jessica, was willst du?«, fragt sie und sieht mich dabei kampfeslustig an.

»Ich weiß, dass du nicht viel von mir hältst, aber ich will dir helfen«, stammele ich. Ich hatte mir vorher gar nicht überlegt, was ich zu ihr sagen würde. »Die anderen wollen dich nach der Schule verfolgen. Sie wollen mit dir dasselbe machen wie mit Nazan. Es ist bestimmt besser, wenn du heute einen anderen Weg gehst«, erkläre ich.

So plötzlich, wie er gekommen ist, erlischt Sinas Kampfgeist. Die Vorstellung, mit irgendeinem peinlichen Foto im Internet bloßgestellt zu werden, verursacht bei ihr reine Panik. Sinas Augen werden glasig. »Oh nein! Und wo soll ich hin?«, fragt sie hilflos. Da fragt sie ja die Richtige! Ich wollte sie doch nur warnen, sonst nichts!

Vorsichtig lausche ich nach draußen – es wird schon etwas unruhiger auf dem Hof. Offenbar verlassen viele Schüler bereits die Mensa. Deshalb schließe ich die Klotür hinter uns, damit uns keiner sieht, wenn er den Waschraum betritt. Mir ist nämlich spontan eine Idee gekommen, wie sich Sina retten könnte: »Ich kenne eine Abkürzung über das Gelände der Kirche«, raune ich ihr zu. »Wenn du durch die Wohnsiedlung hinter der Schule gehst und die Kirche vor dir siehst, gibt es da einen Maschendrahtzaun mit einer Tür, da gehst du durch. Ich habe einen Schlüssel. Damit bist du lange vor den anderen an der Bushaltestelle. Du musst dich halt beeilen!« Dabei fummele ich den besagten Schlüssel von meinem Schlüsselbund. Ich habe ihn einmal von meiner Schwester bekommen, als ich ihr bei irgendeiner Gemeindearbeit geholfen habe. Gut, dass ich ihn noch nicht zurückgegeben habe! Zwar habe ich ein schlechtes Gewissen, Denises Schlüssel aus der Hand zu geben. Aber es ist ja für einen guten Zweck! Damit wäre die Kirche sicher einverstanden.

»Okay!«, flüstert Sina und sieht mich dabei aus großen Augen an.

»Du musst nur sofort nach Schulschluss losrennen. Und morgen gibst du mir den Schlüssel unauffällig wieder!«, erkläre ich.

Das ist ein guter Plan! Trotzdem ist Sina vor Schreck mindestens so weiß wie das Klo neben uns.

»Das klappt schon!«, ermuntere ich sie und schleiche dann vorsichtig aus dem Waschraum und zurück in die Klasse. Ich habe ein gutes Gefühl!

Wie verabredet springt Sina nach der neunten Stunde sofort auf und saust als Erste zur Tür. Ich freue mich, als ich die überraschten Blicke von Athina, Jasmin, Nadine, Paul und Mehmet bemerke. Doch dann brüllt plötzlich Frau Tieck, unsere Mathelehrerin, hinter Sina her: »Hey, nicht so schnell, Sina. Du putzt jetzt schnell bitte noch die Tafel.«

Oh nein!, denke ich und sehe, wie die anderen aus der Clique sich zugrinsen. Sina steht unentschlossen an der Tür. Offenbar überlegt sie kurz, trotzdem abzuhauen, besinnt sich dann aber und schlurft artig an die Tafel.

Aus der Traum von der Flucht!

Mit Herzklopfen gehe ich mit den anderen nach draußen und baue mich mit ihnen zusammen auf der gegenüberliegenden Seite der Schule auf. Jasmin nimmt ihr Handy in die Hand und aktiviert schon mal die Kamera. Mist! Mist! Mist!

Wir warten etwa fünfzehn Minuten, dann taucht Sina am Schultor auf. Sie bleibt kurz stehen, als sie uns sieht. Dann senkt sie den Kopf und läuft eilig ihren üblichen Weg zur Bushaltestelle. Die Clique heftet sich an ihre Fersen. Obwohl Sina schnell geht, holen wir sie ein. Sie beginnt zu rennen, aber Paul ist schneller. Er hechtet nach vorne und verpasst ihr einen heftigen Stoß. Sina taumelt, kann sich aber gerade noch auf den Füßen halten. Ohne darüber nachzudenken, sprinte ich los, packe Sina an der Hand und renne mit ihr in Richtung Kirchentor. Die anderen bleiben kurz erstaunt stehen, dann jagen sie hinter uns her. Athina erwischt Sina am Ärmel und schleudert sie herum.

Und ich? Ich bleibe abrupt stehen, drehe mich um und schreie sie an. Schreie meinen ganzen Frust und die Wut über ihr erbärmliches Verhalten der vergangenen Wochen heraus: »Lasst uns in Ruhe! Das ist scheiße, was ihr macht! Habt ihr euch mal überlegt, was das mit den Leuten macht? Was aus Nazan geworden ist? Was soll das?«

Athina sieht mich fassungslos an. Ich glaube, einen kurzen Moment sind alle noch überraschter als damals nach Daniels Attacke. Sina und ich nutzen ihre Schrecksekunde und spurten durch den rettenden Hintereingang der Kirche. Da höre ich schon Athina: »Los, hinterher!«

Aber hier auf dem Kirchengelände fühle ich mich sicher. Hier kenne ich den Pfarrer und alle, die hier arbeiten. Das macht mich mutig: »He, das ist Privatgrund! Ich darf hier sein, weil ich hier ehrenamtlich arbeite«, brülle ich ihnen von der anderen Seite des Zauns entgegen. Dass nur meine Schwester hier ehrenamtlich tätig ist, spielt jetzt keine Rolle.

Athina kneift die Augen zusammen und Mehmet tritt wütend und mit einer solchen Wucht gegen das Tor, dass es scheppert. Schlagartig verlässt mich der Mut. Allmählich dämmert mir, was ich gerade getan habe: Ich habe der Clique den Krieg erklärt. Diese Erkenntnis fegt mein Gehirn leer und macht meine Knie weich. Einen Augenblick starre ich sie genauso entgeistert an wie sie mich.

»Du, danke noch mal. Aber ich muss jetzt los«, sagt Sina neben mir und rennt davon. Ich stehe alleine im Kirchengarten. Athina richtet ihren Zeigefinger drohend auf mich, als wolle sie mich erschießen, dann wendet auch sie sich ab und die anderen trotten wortlos hinter ihr her. Nur Nadine dreht sich noch einmal zu mir um und sieht mich lange an. Dann sind sie verschwunden.

Ich bekomme vor lauter Aufregung kaum Luft und habe einen extrem trockenen Mund. Wie angewurzelt stehe ich hinter unserer Kirche und denke: Das war's! Tschau Beliebtheit! Tschau Clique! Hallo Mobbing!

In meiner ersten Panik überlege ich, ob es womöglich schon irgendein peinliches Bild von mir gibt, das sie jetzt ins Netz stellen könnten. Aber mir fällt keines ein. Das ist gut!

Ein bisschen hoffe ich, dass die anderen das Ganze übers Wochenende vergessen und wir uns am Montag wie immer im Foyer versammeln. Aber mal ehrlich: Wie wahrscheinlich ist das?

Kapitel 2: Mitte 5. Klasse

»Liebes Tagebuch, wie geht es dir? Mir so lala. In der Schule habe ich ein bisschen Ärger, weil Athina, Nadine und Jasmin denken, dass ich stinke. Aber das tue ich nicht, oder doch?«

Tagebucheintrag von Jessica vor den Weihnachtsferien 5. Klasse

»Das Wichtigste ist, dass das Opfer versteht, dass es kein Makel ist, gemobbt zu werden: Mobbing ist nichts, wofür man sich schämen muss! Deshalb versuchen wir in unseren Kampagnen, betroffenen Schülern die Hemmung zu nehmen, sich Hilfe zu suchen – und zwar Hilfe von Leuten, die auch in der Lage sind zu helfen. Also keine gleichaltrige Freundin oder ein Freund, sondern Erwachsene: Lehrer oder Eltern.

Dabei ist entscheidend, dass die dann umgehend (!) reagieren, wenn sie vom Mobbing erfahren. Der Lehrer muss sofort eingreifen und die Tat beenden, indem er das Opfer zuerst aus der Schusslinie nimmt.

Wir haben festgestellt: Die Tat muss an der Schule öffentlich gemacht werden – allerdings ohne die Namen der Täter und Opfer zu nennen.

Damit bekommen alle anderen Schüler gleich das richtige Signal: An unserer Schule wird solchen Fällen nachgegangen. Mobbing ist kein Kavaliersdelikt! Die Schulleitung, die Lehrer und die Eltern sollten dann gemeinsam entscheiden, ob auch die Polizei hinzugezogen wird. Unsere Erfahrung ist: Sobald die Polizei involviert ist, nehmen sich die Täter zurück. Das ist so.«

Kriminalhauptkommissar Stefan Middendorf, Internetexperte vom Landeskriminalamt Stuttgart, Bereich: Prävention Mediensicherheit

Der Wecker klingelt, ich schlage die Augen auf. Es ist Montagmorgen, sechs Uhr. Leise öffnet meine Mutter meine Zimmertür und flüstert: »Tschüs, Süße, ich muss jetzt los. Ich wünsche dir einen schönen Schultag.« Einen kurzen Moment hält sie inne, dann huscht sie doch noch schnell zu mir ans Bett, um mir einen Kuss auf die Stirn zu geben.

Aus der Küche höre ich meine Schwester meckern: »Mama, wo ist mein Eistee? Hast du vergessen, neuen zu kaufen?«

Meine Mutter verdreht die Augen und zwinkert mir zu. Eigentlich bin ich immer diejenige, die Sachen nicht findet. Mama muss ständig alles herbeizaubern, sie ruft: »Denise, ich komme sofort und gebe ihn dir.« Damit huscht sie aus meinem Zimmer.

Ich bleibe platt im Bett liegen und höre, wie meine Mutter den Schrank über dem Kühlschrank öffnet und triumphierend verkündet: »Hier ist er doch!« Kurz darauf fällt die Wohnungstür ins Schloss. Wir Mädels sind nun alleine. Papa ist schon seit fünf Uhr auf der Arbeit.

Schwerfällig rappele ich mich auf. Am liebsten würde ich liegen bleiben. Ich habe ein blödes Gefühl, zur Schule zu gehen. Ein saublödes.

Missmutig tappe ich an der Küche vorbei, in der Denise gerade frühstückt, in Richtung Badezimmer, dusche und ziehe mir frische Klamotten an. Jeden Morgen etwas

Neues. Meine Mama ist davon manchmal echt genervt, trotzdem möchte ich jeden Tag etwas Frischgewaschenes anziehen, weil ich es mag, wie es dann duftet. Anschließend schnappe ich mir eine Müslischale und kippe Schoko-Knusper und Milch rein. Doch schon beim ersten Bissen verkrampft sich mein Magen, als ich daran denke, dass ich in die Schule gehen und meine Clique treffen muss. Als hätte ich keine Knusperflocken, sondern spitze Steine gegessen.

Denise sagt etwas im Vorbeigehen und ich nicke, ohne überhaupt aufzusehen. Meine Schwester bleibt stehen. »Geht es dir gut?« Sie hat feine Antennen, die liebe Denise.

Einen Augenblick überlege ich, ihr von der ganzen Sache zu erzählen, aber dann verwerfe ich diese Idee ganz schnell wieder. Sonst müsste ich ihr von sämtlichen vorangegangenen Mobbereien erzählen, von ihrem Kirchenschlüssel, den ich verliehen habe, und außerdem: Vielleicht ist ja auch alles gut! Deshalb lächele ich sie an: »Alles in Ordnung!«

Doch sobald ich unsere Wohnung verlasse, verlässt mich sämtliche Zuversicht und ich stehe alleine mit meiner Angst im Treppenhaus. Vorsichtig spähe ich aus dem Hauseingang, ob womöglich hier schon jemand auf mich lauert. Aber es ist niemand zu sehen. Gebeugt und mit schweren Schritten, als hätte jemand Beton an meine Füße geklebt, laufe ich in Richtung Schule. Anstatt der üblichen fünf Minuten brauche ich heute mindestens fünfzehn! Das hat den Vorteil, dass ich ungefähr mit dem Lehrer in der Klasse ankommen werde. Hoffe ich zumindest!

Ich erinnere mich daran, wie sehr ich mich noch vor ein paar Monaten auf jeden neuen Schultag gefreut habe. Jetzt habe ich richtig Panik.

Als ich um kurz vor acht die schwere Eingangstür zu unserem Fünftklässlerflügel erreiche, prickelt meine Haut am ganzen Körper. Die Neurodermitis meldet sich zurück. War ja klar!

Automatisch suchen meine Augen die Ecke, in der sie immer herumhängen. Und tatsächlich, da stehen sie noch. Als hätten sie auf mich gewartet. Athina und Mehmet lehnen mit dem Rücken an der Wand und starren mir mit eingefrorenen Mienen direkt ins Gesicht. Jasmin und Nadine müssen sich umdrehen, um mich anzusehen. Aber sie tun es mit derselben überdeutlichen Verachtung.

Obwohl ich eigentlich damit gerechnet habe, fühlt es sich an wie ein Schlag mit einer Stahlkeule. Betroffen bleibe ich im Eingang stehen. Da bekomme ich plötzlich von hinten einen heftigen Stoß in den Rücken. Ich kann mich gerade noch an einem anderen Schüler festkrallen, um nicht zu stürzen. Da sehe ich im Augenwinkel, wie Paul an mir vorbeistürmt. Dabei zischt er: »Na, du Miststück!« Sein Gesicht sieht aus wie eine Fratze.

Die anderen johlen und halten ihm ihre Hände hin zum Abklatschen. Mehmet klopft ihm bewundernd auf die Schulter. Meine alte Clique. Jetzt ist es also offiziell, dass ich nicht mehr zu ihnen gehöre. So schnell geht das.

In diesem Moment wünschte ich, ich könnte die Zeit zurückdrehen. Ich bereue zutiefst, Sina geholfen zu haben. Wozu? Damit die Clique nun auf mir herumhackt? Eilig wiesele ich in unsere Klasse und auf meinen Platz. Als Nadine kommt, tun wir so, als würden wir uns nicht bemerken. Ich verschwinde unter dem Tisch, um mein Federmäppchen aus dem Rucksack zu kramen. Sobald ich wieder auftauche, klatscht ein zusammengeknülltes Blatt Papier gegen meine Stirn. Überrascht schaue ich in die

Richtung, aus der es gekommen ist, und entdecke Mehmet, der neben Sina steht und mir im Befehlston zubrüllt: »Jessica, aufheben! Sina hat dir was gemalt.«

Wie ferngesteuert bücke ich mich nach dem Papierball. SINA hat mir was gemalt? Die Sina, der ich vor drei Tagen geholfen habe? Wegen der ich es mir mit der Clique verdorben habe? DIE Sina?

»So, alle hinsetzen. It's English time!« Gut gelaunt steht unser Englischlehrer Herr Dierbach plötzlich an seinem Pult. Während er kurz etwas ins Klassenbuch schreibt, falte ich unter dem Tisch leise das Blatt Papier auseinander. Darauf sehe ich eine fette Karikatur von mir mit einem hässlichen Schweinegesicht. Nun geht es also los, denke ich und unterdrücke die aufsteigenden Tränen. Auf keinen Fall will ich vor ihnen weinen! Möglichst unauffällig knülle ich das Papier wieder zusammen und lasse es auf den Boden fallen. Nadine neben mir kichert leise. Nadine, mit der wir immer so schöne Familienausflüge unternommen haben, die mit uns schwimmen war, mit der ich unzählige Stunden im Stall verbracht habe. Ein bisschen fühle ich mich, als wäre ich im falschen Film, als würde das alles gar nicht wirklich passieren. Das kann doch nicht sein!

Dem Unterricht kann ich kaum folgen und ich traue mich schon gar nicht, mich zu melden. Am liebsten würde ich mich unsichtbar machen. Als es endlich klingelt, stürme ich als Erste aus dem Klassenzimmer. Bloß weg hier! Bloß niemandem über den Weg laufen! Panisch hetze ich über den Schulhof und verstecke mich weit weg von den üblichen Pfaden ganz hinten bei den älteren Schülern. Hier fühle ich mich etwas sicherer. Allerdings halte ich permanent Ausschau, ob die anderen hier auftauchen. Das ist doch verrückt! Freitag sind wir noch zusammen über diesen Schulhof gelaufen.

Meine Haut juckt wie wahnsinnig. Blöde Neurodermitis. Ich weiß, dass ich nicht kratzen sollte und dass es dadurch nur schlimmer wird. Aber ich kann es nicht unterdrücken: Ich kratze, bis es blutet. Leider habe ich kein Taschentuch dabei, weil ich in der Eile meinen Rucksack in der Klasse gelassen habe. Blöd! Ich stelle mir vor, wie das Blut unter der Jacke in meinem mintfarbenen Pullover versickert. Mist, Mist, Mist!

Und dann beendet die Schulglocke meine Pause.

Um neuen Übergriffen zu entgehen, versuche ich, im dichtesten Schülerstrom unauffällig durchs Foyer in unseren Klassenflügel zu gelangen. Dort ist richtig was los, ein lautes, buntes Gedrängel. Immerhin sind es fünf Klassen mit jeweils etwa dreißig Schülern.

Ich habe fest damit gerechnet, dass die Clique wie immer im Foyer abhängt, aber dann sehe ich sie plötzlich vor mir stehen: Nadine und Paul. Sie haben sich links und rechts im Gang kurz hinter dem zweiten Klassenzimmer postiert und scheinen ganz eindeutig auf mich zu warten. Sobald sie mich im Schülerstrom entdecken, tauschen sie vielsagende Blicke aus.

Ich hole tief Luft. Wenn ich ganz selbstbewusst an ihnen vorbeigehe, trauen sie sich vielleicht nicht anzugreifen. Außerdem haben wir doch bei Daniel gesehen, dass man keine Angst zeigen darf.

Hoch erhobenen Hauptes und ohne Nadine und Paul eines Blickes zu würdigen, schreite ich an ihnen vorbei. Und tatsächlich! Ich habe unser Klassenzimmer schon fast erreicht. Gerade will ich erleichtert durchschnaufen, da spüre ich einen heftigen Stoß in den Rücken. Wumms! Er wirft mich sofort aus dem Gleichgewicht. Mit Wucht fliege ich auf den grauen PVC-Boden und kann mich gerade noch mit den Händen abfangen, um nicht direkt aufs Gesicht zu klatschen. Es tut furchtbar weh. Noch dazu habe ich einen riesigen Schreck bekommen. Ich sehe mich um: lauter Füße um mich herum. Nun schäme ich mich auch noch, weil garantiert alle meinen Sturz beobachtet haben. Erst im zweiten Moment fällt mir etwas anderes auf: Alle laufen weiter. Kein einziger Schüler bleibt stehen und reicht mir die Hand. Keiner hilft mir aufzustehen.

Das ist heftig!

Mit schmerzverzerrtem Gesicht rappele ich mich auf und klopfe den Staub und den Schmutz von meiner Kleidung. Tränen kullern über mein Gesicht. Ich habe das Gefühl, alle Augen seien auf mich gerichtet. Die meisten schauen entsetzt, viele überrascht und einige hämisch.

Spätestens jetzt weiß jeder, dass ich die neue Nummer eins auf der Abschussliste der Clique bin.

Nadine tritt ganz nah an mich heran, sodass sich unsere Nasenspitzen beinahe berühren. Sie lacht, als sie meine Tränen sieht. Dann verzieht sie spöttisch das Gesicht und sagt in einem Tonfall, der eindeutig mehr nach Drohung als nach Entschuldigung klingt: »Sorry! Ich hoffe, du hast dir nicht wehgetan!«

Ich bin wie gelähmt. Nadine und ich waren Freundinnen! Bis vor drei Tagen! DREI! Wie kann sie mir das antun?

Hilfe suchend sehe ich mich um. Aber alle anderen haben sich schon wieder abgewandt, laufen weiter, um zu ihrem Klassenraum zu kommen. Jeder ist froh, dass es jetzt mich und nicht ihn selbst erwischt hat.

Nadine dreht sich um und läuft zu den anderen, die ich nun auch entdecke. Athina, Mehmet, Paul, Jasmin und Sina. Diese Verräterin hat jetzt offenbar meinen Platz eingenommen. Sie stehen alle eng beisammen und kichern und tuscheln und überlegen ganz bestimmt, was sie mir als Nächstes antun können. Ein Albtraum! Aber immerhin hat keiner ein Handy in der Hand ...

Kurz darauf in der Klasse, auf dem Weg zu meinem Platz, fange ich die mitleidigen Blicke meiner Grundschulfreundinnen auf. Aber sobald sie merken, dass ich sie ansehe, gucken sie unauffällig weg.

Ich fühle mich alleine. Alleine unter knapp dreißig Schülern.

Als ich meine Jacke ausziehe, sehe ich die hässlichen Flecken auf den Ärmeln meines Pullovers. Das habe ich ja toll hingekriegt! Nadine kann sich natürlich ein lautes »Iiieeehhh!« nicht verkneifen, als sie sich neben mich setzt. Blöde Kuh! Dabei weiß sie genau, dass ich Neurodermitis habe und nichts dafür kann. Und wenn sie und die anderen sich nicht so schäbig benehmen würden, hätte ich gar nichts.

Ich ziehe den Reißverschluss von meinem Rucksack auf, um ein Päckchen Taschentücher und mein Federmäppchen für den Unterricht rauszuholen. Da stocke ich. Wo ist mein Mäppchen? Auf dem Tisch liegt es nicht. Aber in meinem Rucksack ist es auch nicht. Hektisch gucke ich in das Fach unter meinem Tisch – es ist leer. Mein Herz schlägt schneller. Ich sehe zu Nadine. Bilde ich mir das ein oder hat sie ein schadenfrohes Lächeln auf ihren Lippen?

»Hast du mein Mäppchen?«, frage ich genervt. Inzwischen bin ich echt sauer.

Nadine tut, als würde sie mich nicht hören. Schon klar. Jetzt weiß ich genau, dass sie und die anderen mein Federmäppchen genommen haben.

»Hat jemand mein Mäppchen gesehen?«, rufe ich laut in

die Klasse, aber die meisten schütteln nur den Kopf, wenn sie überhaupt reagieren. Hilflos sehe ich mich um. Dabei schießen mir schon wieder die Tränen in die Augen. Wie soll ich jetzt im Unterricht mitschreiben? Da klopft mir Ben von hinten auf den Rücken. Als ich mich umsehe, streckt er mir wortlos einen Stift entgegen. Dankbar lächele ich ihn an. Trotzdem wüsste ich gerne, wo meine Stifte sind. Ich könnte heulen!

Wir haben Deutsch. Frau Stein teilt uns Arbeitsblätter aus, auf denen wir jeweils das Subjekt, Prädikat und Objekt in unterschiedlichen Farben unterstreichen sollen. Deshalb wende ich mich noch einmal an Ben, um nach verschiedenfarbigen Stiften zu fragen. Nadine neben mir kichert, als sie das hört.

Umgehend prescht die strenge Frau Stein auf mich zu: »Warum hast du nicht selbst Stifte dabei?«, fragt sie forsch.

Ich zucke zusammen. Und schon wieder füllen sich meine Augen mit Tränen. »Mein Mäppchen ist weg. Vor der Pause hatte ich es noch«, erkläre ich weinerlich.

Frau Stein sieht mich prüfend an, dann blickt sie in die Klasse. »Wo ist Jessicas Mäppchen?«, fragt sie.

Keine Reaktion. Aber Nadine rutscht unruhig auf ihrem Stuhl hin und her. Mit Lehrern möchte die Musterschülerin natürlich keinen Ärger haben!

Frau Stein kneift die Augen zusammen, dann knurrt sie: »Wer auch immer das Mäppchen hat, sofort raus damit!«

Nun hält Nadine es offenbar nicht mehr aus. Sie springt auf und läuft zum Schrank mit den Arbeitsmaterialien. Athina und Mehmet stöhnen leise.

»Da ist es!«, ruft Nadine, hält mein Mäppchen in die Höhe und sieht die anderen aus der Clique mit einem Achselzucken an. »Das sollte nur ein Spaß sein!«, erklärt sie.

Dann wirft sie das Mäppchen krachend auf meinen Tisch, woraufhin Frau Stein missbilligend eine Augenbraue hebt.

Das war's. Sonst sagt sie nichts dazu und macht einfach mit ihrem Unterricht weiter.

Ich fühle mich schutzlos und ausgeliefert. Immerhin ist Frau Stein die strengste Lehrerin, die wir haben, und nicht einmal sie hat wirklich eingegriffen.

Die nächste Pause verbringe ich wieder in meinem Versteck, aber diesmal zusammen mit meinen Sachen! Dabei müsste ich eigentlich in die Mensa. Immerhin haben meine Eltern dort im Voraus fürs Essen bezahlt und so dicke haben wir's auch nicht, dass ich einfach Geld verschwenden könnte. Aber ich traue mich da nicht hin. Ich traue mich gar nichts mehr. Ich möchte nur noch nach Hause zu meiner Familie, meine beste Freundin Anna anrufen, mit ihr ganz harmlose Dinge bequatschen und spüren, dass es ein Leben außerhalb dieser Schule gibt. Ein Leben, in dem ich mich sicher fühle, angenommen und gemocht.

Als wir endlich Schulschluss haben, springe ich als Erste auf und renne los. Fast den ganzen Weg nach Hause lege ich im Eiltempo zurück, als wolle ich die Zeit, die ich auf dem Hinweg vertrödelt habe, jetzt wiedergutmachen. Völlig aus der Puste komme ich in unserer Wohnung an.

Meine Mutter schaut erstaunt aus der Küche, in der sie gerade das Abendessen zubereitet: »Was machst du denn schon hier?«, fragt sie.

Normalerweise komme ich locker eine halbe Stunde später. Ich schnaufe bloß, schnappe mir das Telefon von der Flurkommode und verschwinde damit in meinem Zimmer. Einen Moment überlege ich, bei Nadine anzurufen und zu fragen, was das eigentlich soll. Ich meine: Immerhin sind wir Freundinnen! Zumindest waren wir das in den vergangenen Monaten. Das kann doch nicht einfach so vorbei sein! Aber dann verwerfe ich die Idee, weil sie wahrscheinlich eh noch nicht zu Hause ist und ich mich sowieso nicht traue, bei ihr anzurufen. Meine Angst ist zu groß, dass Nadine etwas Gemeines sagt oder einfach auflegt. Stattdessen rede ich mir ein, dass es sich auch so wieder einrenken wird. Natalie haben sie schließlich auch nicht übel genommen, dass sie ihnen nach der Sache mit dem Foto kurzzeitig in den Rücken gefallen ist. Warum sollte es bei mir anders sein? Immerhin habe ich richtig zur Clique gehört und Natalie nicht.

Statt Nadine rufe ich also Anna an, die schon seit dem Kindergarten meine beste Freundin ist. Auch wenn ich ihr nichts von dem Theater in der Schule erzähle, tut es gut, mit ihr zu reden und zu lachen. Ich merke, wie ich mich allmählich beruhige.

Anna würde niemals so mit mir umgehen. Mit anderen auch nicht, dazu ist sie viel zu lieb. Anna ist ein Sonnenschein und richtig verspielt. Manchmal holen wir heute noch unsere Barbies raus und machen ihnen komische Frisuren oder lassen sie sich um den tollen Ken streiten. Dabei kann Anna prima ihre Stimme verstellen. Das ist superlustig! Sie ist nicht so auf Klamotten, Schminke oder Jungs fixiert wie die Mädchen aus der Clique. Ich bin wirklich froh, dass ich meine Anna habe! Und zum ersten Mal seit dem Schulwechsel bereue ich, dass ich nicht mit ihr zusammen auf die Realschule gewechselt habe. Anna würde jetzt zu mir halten. Das steht fest!

Aber so hält leider niemand zu mir. Und das Mobbing geht weiter.

In den nächsten Tagen finde ich ständig Karikaturen von mir in meinen Heftern und an meinem Spind. Und für den Fall, dass ich die netten Zettel nicht verstehe, sagen sie es mir nun auch direkt ins Gesicht: »Du bist fett, Jessica. Fett und hässlich!« Wenn ich an ihnen vorbeilaufe, brüllen sie: »Iiiieeh, hier stinkt's. Jessica, wasch dich mal!« Oder sie halten sich demonstrativ die Nasen zu und wenden sich angewidert ab. Die anderen Schüler lachen darüber. Aber mir ist gar nicht zum Lachen zumute. Es ist der reinste Spießrutenlauf! Und obwohl ich weiß, dass sie sich alles grundlos aus den Fingern saugen, verunsichern mich ihre Sticheleien.

Schon bald betrachte ich mich skeptischer als früher im Spiegel. Das Einzige, was ich wirklich schön finde, sind meine Haare. Aber sonst? Es stimmt schon: Meine Oberarme sind ziemlich schwabbelig. Und der Bauch auch.

»Babyspeck!«, lacht meine Mutter und winkt ab, als ich einmal neben ihr in der Küche stehe und sie vorsichtig frage, ob sie mich zu dick findet. Damit ist das Thema für Mama erledigt. Aber ich fange an, bei jedem Schritt zu merken, wie mein Fett schwabbelt und wabert. Auch wenn da objektiv betrachtet nicht viel ist, was schwabbeln und wabern könnte. Immerhin gehe ich mindestens dreimal pro Woche zum Reiten. Und auch sonst bewege ich mich viel und gerne.

Wenigstens ist nach der Schule die Welt noch in Ordnung. Die Nachbarskinder aus der Wohnsiedlung mögen mich und fragen mich immer sofort, wenn sie mich sehen, ob ich mitspielen möchte. Das genieße ich natürlich, aber leider tröstet es mich nicht. Irgendwie wiegt das Urteil der Clique stärker als alles andere. So toll, beliebt und cool ich mich gefühlt habe, als wir befreundet waren, so elend fühle ich mich jetzt, wo sie mich ausgrenzen. Ich ärgere mich so sehr über mich selbst! ALLE wollen mit Athina, Nadine und Jasmin befreundet sein. Ich war es und habe es versaut! Und so verrückt es klingt: Ich wünsche mir, dass wir wieder Freunde sind. Es ist mir egal, dass sie sich mir gegenüber gerade so mies verhalten. Ich habe sie schließlich hintergangen und verdiene es deshalb auch, dass sie sauer auf mich sind.

Aber leider bin ich so weit davon entfernt, wieder zur Clique zu gehören, wie man nur sein kann. Momentan stöhnen sie schon, wenn ich beim Sportunterricht versehentlich in ihrer Mannschaft lande.

»Och, nicht die!«, meckert Athina, als Ben mich nach ihr in seine Völkerballmannschaft wählt. Dann wendet sie sich an die gegnerische Mannschaft: »Wollt ihr die nicht haben?«

Alle lachen und ich fühle mich wie eine Idiotin, als ich mich hinter Ben aufstelle. Unser Sportlehrer sagt nichts dazu. Fehlt nur noch, dass er selbst mitlacht.

Keiner bremst Athina, die sich durch ihr Publikum angeheizt weiter künstlich aufregt: »Boah, den Gestank halte ich nicht aus! Herr Nowak, ich kann nicht mitspielen, ich kipp gleich um.«

Wieder kichern alle. Nur Herr Nowak reagiert nicht. Ich möchte im Boden versinken, so sehr fühle ich mich gedemütigt. Ständig nur gedemütigt. Früher haben sich alle gefreut, wenn ich in ihre Mannschaft gewählt wurde, da war ich immer eine der Ersten, die aufgerufen wurden.

Und mal ehrlich: Früher – das war vor etwa einem Monat!

Durch Athina und die anderen verunsichert, gelingt mir im Spiel natürlich überhaupt nichts. Ich werfe ständig daneben, fange schlecht und bin definitiv das beliebteste Ziel der gegnerischen Mannschaft, der auch Mehmet und Jasmin angehören. Schon in der zweiten Runde habe ich das Gefühl, dass man das Spiel in »Schießt-Jessica-ab!« umbenennen könnte. Alle feuern nur noch mit aller Kraft auf mich, sodass es richtig wehtut, wenn mich ein Ball erwischt. Mehmet und Jasmin johlen bei jedem Treffer extralaut. Athina und Paul tut es definitiv leid, dass sie in meiner Mannschaft sind! Aber wenn sie jetzt auch noch anfingen, mich abzuschießen, würde wahrscheinlich sogar Herr Nowak mal eingreifen. Momentan steht unser Lehrer nur daneben und tut so, als würde er nichts mitkriegen.

Dabei kann das gar nicht sein!

Er muss doch sehen, dass hier alle gegen mich sind! Aber er schaut einfach weg. Wie übrigens auch alle anderen Lehrer. In keinem einzigen Fach stellt sich mal irgendeiner von ihnen vor mich. Dabei ist es so offensichtlich, was hier läuft: Wann immer ich mich im Unterricht melde, stöhnen Mehmet oder Athina leise auf. Sobald ich etwas Falsches sage, grölen sie laut. Es dauert nicht lange, bis ich mich gar nicht mehr traue, im Unterricht mitzumachen. Das haben sie schon mal geschafft.

Wochenlang ziehe ich vor ihrem Spott den Kopf ein und verkrieche mich immer tiefer in mein Schneckenhaus. Inzwischen ist es nur noch eine gute Woche bis zu den Weihnachtsferien, ich zähle quasi schon die Stunden, bis es endlich so weit ist. Und da sich eh keiner mit mir unterhält, überlege ich gerade, mir das Ganze auch noch in Minuten umzurechnen. Da klingelt es endlich zur Pause. Wie immer beeile ich mich, aus dem Klassenzimmer zu kommen, doch Athina versperrt mir den Weg. Mein Herz klopft sofort schneller. Meine Kehle wird schlagartig staubtrocken und ich spüre eine lähmende Panik aufsteigen.

Die anderen Schüler werden unmittelbar leiser und langsamer. Sensationslüstern spähen sie zu uns rüber – schließlich weiß ja jeder, was zwischen Athina und mir los ist, und anscheinend will keiner die neueste Attacke verpassen.

Da fragt Athina: »Magst du mit uns in die Mensa gehen?«

Ich habe das Gefühl, nicht richtig verstanden zu haben. »In die Mensa?«, echoe ich ungläubig.

»Ja«, sagt Athina, als wäre es die stinknormalste Frage der Welt.

Zögernd sage ich: »Okay.« Dabei überlege ich fieberhaft, ob das ein Trick sein könnte.

Aber was hätten sie davon, mich in die Mensa zu locken? Was könnten sie mir dort antun, was sie mir nicht auch überall sonst antun können? Was für ein Foto könnten sie schießen?

Misstrauisch sehe ich mich um. Die anderen aus der Clique stehen hinter Athina und sehen ganz entspannt aus. Sie plaudern miteinander und Nadine lacht mich sogar an, als wäre es ganz selbstverständlich, dass ich jetzt hier bei ihnen stehe. Merkwürdig! Unsicher schließe ich mich ihnen an. Dabei fühle ich mich wie ein Reh in einer Meute hungriger Löwen – allzeit zur Flucht bereit. Irgendwie kann ich noch nicht glauben, dass nun alles wieder gut sein soll. Vor allem so unvorangekündigt und auf einen Schlag. Ich verstehe das nicht.

Gleichzeitig spüre ich auf dem Weg in die Mensa auch so etwas wie ein Glücksgefühl aufsteigen. Es fühlt sich gut an, umgeben von der In-Clique durch die Gänge zu gehen. Und ich wünsche mir doch nichts sehnlicher, als dass die Mobberei endlich vorbei ist!

Ich bin vorsichtig und zurückhaltend, aber beim Essen sind

sie richtig nett zu mir. Paul gibt mir sogar was von seinen Chips ab und Nadine fragt, ob wir nicht mal wieder zusammen reiten wollen. Ich sage natürlich sofort zu, obwohl ich immer noch damit rechne, dass sie plötzlich aufspringen und rufen: Mit dir doch nicht, du hässliche stinkende Kuh! Aber alle bleiben sitzen, reden mit mir und lachen mich an. Nach dem Essen gehen wir gemeinsam zurück zum Klassenraum. So wie früher.

So plötzlich, wie das mit dem Mobbing begonnen hat, endet es offenbar auch wieder. Zwar entschuldigt sich keiner bei mir, aber das erwarte ich auch gar nicht. Ich bin viel zu erleichtert, dass sie mich wieder bei sich aufnehmen. Wusste ich es doch: Es hat gereicht, ein bisschen stillzuhalten und abzuwarten, bis sie sich ausreichend an mir abreagiert haben.

Ganz schnell bemerken auch meine anderen Mitschüler, dass ich offensichtlich wieder zur Clique gehöre. Und prompt benehmen auch sie sich wieder normal. Schon in der nächsten Sportstunde werde ich wieder so wie früher ganz selbstverständlich als eine der Ersten in die Mannschaft gewählt. Wunderbar! Ich bin wie ausgewechselt. Fröhlich. Lustig. Und unendlich erleichtert.

Gut gelaunt laufe ich nach Sport mit den anderen von der Turnhalle rüber zum Schulgebäude. Die Jungs bewerfen sich mit irgendwelchen Papierkügelchen und ich gackere gerade über einen albernen Witz, den Jasmin gemacht hat, da sehe ich im Augenwinkel, wie Nadine schräg hinter mir wild mit den Armen wedelt. Athina und Jasmin lachen laut auf, als sie es sehen. Irritiert drehe ich mich um. Mein Herz rast. Klebt mir etwas an der Hose? Habe ich irgendetwas Peinliches an mir? Haben sie ein Foto gemacht?

Tatsächlich hält Nadine etwas in der Hand. Ich sehe genauer hin: Es ist nicht ihr Handy, sondern ihr Parfum! Offenbar hat sie mich gerade von hinten eingenebelt. Schlagartig zieht sich mein Herz schmerzhaft zusammen. Entsetzt starre ich Nadine an, aber die lacht nur.

»War doch bloß Spaß, Jessica!«, sagt sie und steckt ihr Duftwässerchen zurück in den Rucksack.

Ich bin entsetzt. Was sollte denn das? Wieder so eine Anspielung, dass ich stinke? Ich dachte, es sei wieder alles gut.

Doch an diesem Tag und an den anderen bis zu den Weihnachtsferien gibt es keine Attacken mehr. Alle sind in Hochstimmung und freuen sich auf die Ferien – mit ganz vielen Weihnachtsgeschenken und Silvesterknallerei. Und ich fühle mich wie befreit. Ich bin wieder Teil ihrer Clique. Definitiv!

Kapitel 3: 5. Klasse, zweites Halbjahr

»Ich muss nur warten bis sie ein neues Opfer haben. Bis dahin muss ich durchhalten!«

Tagebucheintrag von Jessica, 5. Klasse

»Wir haben zunehmend mit Jugendlichen zu tun, die im Klassenzimmer oder im Internet extrem beleidigt, gedemütigt und gehänselt werden. Wer sich nicht zu wehren weiß, zieht sich zurück und wird schließlich krank ... Einer unserer Patienten wurde beispielsweise auf Facebook von den Klassenkameraden drangsaliert. Sie behaupteten, dass er zu dick sei und komische Eltern hätte.

Dieser Junge schaffte es nicht, sich seinen Eltern oder Lehrern anzuvertrauen. Er ging weiter zur Schule, ließ sich nichts anmerken. Doch irgendwann wurde es ihm zu viel. Als er wieder einmal Gemeinheiten auf Facebook entdeckte, drohte er im Netz damit, alle umzubringen und die Schule in die Luft zu sprengen. Plötzlich ging alles ganz schnell: Die Mitschüler informierten ihre Eltern und die Lehrer. Die Polizei wurde eingeschaltet. Sie hat den Jungen zu Hause abgeholt und in die Klinik gebracht. Alle hatten plötzlich Angst und fanden den Jungen gefährlich. Dabei war er einfach verzweifelt. Er brauchte keine Therapie, er musste lernen, sich Hilfe zu holen. Dabei half ihm sicherlich, in der Klinik andere Jugendliche zu treffen, die ähnliche Erfahrungen gemacht hatten.

Jugendliche sind unterschiedlich empfindlich gegenüber Hänseleien. Viele können sich gut wehren oder haben vertraute Menschen, mit denen sie sich beraten können. Bei den anderen kann eine Behandlung in einer Klinik ein guter Weg sein, zurück ins Leben zu finden.«

Dr. Martin Jung, Chefarzt der Jugendpsychiatrie in der Helios Klinik Schleswig

Schon am ersten Ferientag habe ich den ganzen Stress aus der Schule vergessen. Einfach, weil es zu Hause so schön ist und wir es uns richtig gemütlich machen!

Papa hat frei und wir verbringen ab sofort jeden Tag mit Weihnachtsvorbereitungen. Wir besprechen unser Weihnachtsessen, weil es bei uns jedes Jahr an Heiligabend etwas anderes gibt. Wir müssen einen Tannenbaum besorgen und dafür geht mindestens ein ganzer Nachmittag drauf, immerhin sind wir auf der Suche nach dem perfekten Baum! Gemeinsam schmücken wir das ganze Haus schön festlich und spielen abends zusammen Karten.

Heiligabend bekommen wir meistens Besuch: Sobald wir aus der Kirche zurück sind, kommen meine Tante mit ihrer Familie und Denise' Patenonkel, der ein Sandkastenfreund von meinem Papa ist. Die Stimmung ist jedes Mal super. Alle reden und lachen, ein richtig harmonisches Miteinander.

Wirklich: Ich glaube, ich habe das schönste Zuhause der Welt und das liegt bestimmt auch daran, dass sich meine Eltern so gut verstehen. Ich kenne keine anderen Eltern, die dermaßen liebevoll miteinander umgehen wie meine – mal ganz abgesehen davon, dass die meisten sowieso schon getrennt sind ... Mama und Papa dagegen sind noch schwer verliebt ineinander, obwohl sie schon superlange zusammen sind.

Als Denise und ich später in unseren Betten liegen, reden wir noch lange über den schönen Abend. Da wir uns ein Zimmer teilen, machen wir das eigentlich jeden Abend. Es sei denn, Denise geht später schlafen, was natürlich manchmal vorkommt, da sie ja drei Jahre älter ist als ich. Wir verstehen uns großartig – obwohl wir total unterschiedlich sind.

Schon rein äußerlich käme nie jemand auf den Gedanken, dass wir Geschwister sein könnten. Denise ist groß, dünn und hat blonde Engelslocken. Sie ist sehr temperamentvoll, oft zu laut und wenn sie jemanden gerne hat, macht sie alles für ihn. Wahrscheinlich habe ich ihr bei unseren allabendlichen Bettgesprächen schon deshalb nichts von dem Ärger mit meiner Clique erzählt. Denise wäre garantiert gleich am nächsten Morgen in meine Schule gerast und hätte alle zur Rede gestellt. Ich glaube allerdings nicht, dass das besonders hilfreich gewesen wäre.

Stattdessen plaudern wir also über alles andere, was uns in den Kopf kommt. Denise schwärmt neuerdings häufiger von einem älteren Jungen aus ihrer Schule. Anscheinend sind sie sogar zusammen. Denise' erster Freund! Wie aufregend! Sie fragt mich, ob ich am nächsten Tag nicht ein schönes Foto von ihr machen könnte. Das möchte sie ihm schicken, damit er sie in den Ferien nicht vergisst.

Aber ich weiß nicht so recht. Schon der Gedanke an das Thema »Fotoverschicken« verursacht mir Bauchschmerzen. Wenn es nach mir ginge, sollte man Fotos und das Internet strikt trennen. Auch wenn ich weiß, dass das Quatsch ist und nur an meiner Horrorerfahrung mit Nazan und meiner eigenen Angst liegt, selbst im Netz zu landen. Aber Denise scheint diese Angst nicht zu kennen. Sie erzählt einfach weiter und ich spitze die Ohren, als meine Schwester berichtet, wie das so läuft mit dem Ansprechen, Telefonnummer-Besorgen und Ins-Kino-Gehen.

Vor allem weil auch meine beste Freundin Anna plötzlich anfängt, sich für Jungs zu interessieren – oder zumindest für einen: Kai aus ihrer Klasse. Und da fragt sie ausgerechnet immer mich um Rat, wie ich dieses oder jenes Verhalten von ihm deuten würde. Dabei habe ich doch gar keine Ahnung von Jungs! Die interessieren mich überhaupt nicht. Deshalb muss ich umso besser bei Denise aufpassen – für Anna ...

Als meine beste Freundin und ich am nächsten Tag zusammen Weihnachtsplätzchen backen, kommt sie natürlich sofort wieder auf ihren Kai zu sprechen. »Schade, dass du nicht in meiner Klasse bist und ich ihn dir nicht zeigen kann!«, seufzt Anna. Und ich seufze mit.

Anna hat keine Ahnung, WIE gerne ich gerade auf ihre Schule ginge! Und das nicht nur, weil sie mir dann Kai zeigen könnte!

Als könnte sie Gedanken lesen, sagt meine Freundin plötzlich: »Du hättest doch mit mir auf die Realschule kommen sollen!«

Ich nicke: »Ja, hätte ich!«, gebe ich zu.

Anna schwärmt weiter: »Dann könnten wir jeden Tag zusammen Hausaufgaben machen und immer die Nachmittage zusammen verbringen.«

Ich lache: »Genau, und dann könnten wir auch jeden Tag backen!«, woraufhin Anna nur mit den Augen rollt.

Ihr reicht es anscheinend, einmal im Jahr mit mir Plätzchen zu machen. Konzentriert wendet sie sich wieder unserem Backbuch zu, das schon ganz mehlbestäubt ist. Anna möchte alles streng nach Rezept machen. Ich dagegen rühre sämtliche Zutaten zusammen, wie es mir gefällt.

Anna ist die tollste Wohlfühlfreundin, die man sich vorstellen kann. Und wir malen uns am liebsten aus, wie wir später zusammenwohnen werden. Mit mindestens zwei Katzen und einem Hund in einer richtig coolen Mädchen-WG, in der ich immer für Chaos sorge, das Anna dann wieder in den Griff zu bekommen versucht.

In den Weihnachtsferien verbringen Anna und ich fast jeden Tag miteinander und in diesem Jahr feiern wir sogar Silvester zusammen. Außer Annas Familie kommt auch mein Patenonkel zu Besuch. Es gibt leckeres Fondue und danach gehen alle vollgefuttert nach draußen zum Knallen. Alle – außer Anna und mir.

Meine beste Freundin hat nämlich genauso viel Angst wie ich vor diesen fiesen Böllern und steht Seite an Seite mit mir hinterm Vorhang, um das Feuerwerk aus sicherem Abstand zu beobachten. Später lassen wir dann gemeinsam unseren Goldregen sprühen und freuen uns über unsere Wunderkerzen. Wenn die Silvesternacht schon mal ein Vorgeschmack für das kommende Jahr wäre, könnte ich mich wirklich freuen. Denn dann wird das neue Jahr ein Knaller!

Aber leider kommt alles anders.

Schon am Tag bevor die Schule wieder losgeht, fühle ich mich bedrückt. Mein Bauch grummelt. Und die Leichtigkeit und das Glücksgefühl der vergangenen zwei Wochen schleichen sich allmählich davon, obwohl ich immer noch glaube, dass sich die Sache mit der Clique geregelt hat. Immerhin fängt meine Haut nicht wieder an zu jucken. Sie ist in den Ferien nämlich gut verheilt und sieht wieder gesund aus. Angespannt stehe ich vor meinem Schrank und starre verzweifelt auf das bunte Durcheinander in seinem Inneren. »Mann, ich weiß nicht, was ich anziehen soll!«, meckere ich.

Denise sieht nur kurz über den Rand ihres Buches, hebt die Augenbrauen, schüttelt den Kopf und vertieft sich dann wieder in ihre Geschichte. Klamotten sind ihr ziemlich egal, sogar jetzt, wo sie jeden Tag ihren Freund in der Schule trifft. Denise zieht morgens blind irgendetwas aus dem Kleiderschrank und ich denke neidisch daran, dass ich das früher auch so gemacht habe, bevor ich in der coolsten Clique der Schule war.

Jetzt bereitet mir die Kleiderwahl richtig Stress. Und nicht nur das. Seit ich zum ersten Mal ins Visier der Clique geraten bin, passe ich sogar auf, welche Unterwäsche ich trage. Man weiß schließlich nie ...

Vor den Ferien war zwar alles gut mit den anderen, aber so richtig traue ich dem Frieden nicht. Mein Platz fühlt sich irgendwie wackelig an. Ich darf jetzt nichts falsch machen.

Nach einer längeren Anprobe vor dem Spiegel, der an meinem Schrank montiert ist, entscheide ich mich für den neuen rosafarbenen Pullover, den ich zu Weihnachten bekommen habe. Der sieht mit meinen langen dunklen Haaren richtig gut aus. Dazu eine Jeans, die unten ein bisschen weiter wird.

»Freust du dich auf die Schule?«, fragt Denise, noch immer bäuchlings auf ihrem Hochbett liegend.

Ich schüttele den Kopf: »Überhaupt nicht«, sage ich. Und

das ist noch untertrieben. Mein Herz wird richtig schwer bei dem Gedanken, da morgen wieder hinzumüssen.

»Ich freue mich!«, sagt Denise lächelnd und ich weiß genau, an wen sie gerade denkt. Denise hat es gut! Ich habe Angst vor morgen. Davor, dass die Mobberei doch weitergehen könnte. Ich bin verunsichert, verkrampft und fühle mich gerade so klein, dass ich unter den Teppich kriechen könnte, ohne auch nur die kleinste Falte zu werfen.

Ich bin nicht mehr ich.

Am nächsten Morgen sind die Angst und die Anspannung so groß, dass ich losheulen könnte – einfach vor lauter Stress. Nervös öffne ich die Schultür und blicke sofort in die Ecke, in der sie immer warten.

Athina steht wie immer in der Mitte – alle anderen um sie herum. Nur Paul fehlt. Vorsichtshalber drehe ich mich um. Nicht dass ich plötzlich von hinten geschubst werde. Aber Paul ist nicht zu sehen.

Da sie mich nicht wütend anstarren, trete ich unsicher in ihren Kreis. »Morgen!«, grüße ich halblaut, bereit, sofort weiterzulaufen, sollte keiner reagieren. Aber alle begrüßen mich freundlich und erzählen von ihren Ferien und den Geschenken. Also alles gut, stelle ich erleichtert fest.

Sie suchen sich auch kein neues Opfer. Zumindest kein festes. Klar hacken sie immer noch gelegentlich auf irgendwelchen Schülern rum oder erzählen alberne Lügengeschichten. Neulich hat Nadine in unserer Lokalzeitung ein Foto von einem Mädchen aus der Schule entdeckt, das irgendeine Turnmeisterschaft gewonnen hat. Da haben sie sich im Netz über den Gymnastikanzug lustig gemacht, aber immerhin haben sie dazu nicht die ganze Schule eingeladen, sondern »nur« unsere Clique. Das geht ja noch!

Harmlos plätschern die ersten Schulwochen dahin. Doch dann hat Athina Geburtstag.

Als ich morgens im Foyer ankomme, strahlt sie mich breit an: »Ey, Jessica, ich feiere am Wochenende Geburtstag. Kommst du?«

Ich bin schon ein bisschen überrascht, dass Athina mich einlädt, schließlich war ich noch nie bei ihr zu Hause. Ich glaube, es war noch nie jemand von uns bei ihr. Ohne eine Zehntelsekunde zu zögern, sage ich: »Klar komme ich. Gerne!«

»Ich bin leider mit meinen Eltern verreist. Oma-Geburtstag«, knurrt Nadine neben mir und verzieht genervt das Gesicht. Es ist offensichtlich, wie sehr sie sich darüber ärgert, dass sie nicht kommen kann, wenn »die große Chefin« schon mal zu sich einlädt ... Aber Jasmin wird da sein. Und Mehmet.

»Alle meine Freunde kommen!«, verkündet Athina vergnügt. Und ich bin richtig stolz, wieder dazuzugehören. Ich empfinde das als große Ehre.

Mit diesem wohlig-zufriedenen Gefühl sitze ich neben Nadine im Unterricht, da fällt mir plötzlich etwas ein: Was soll ich Athina denn schenken? Sofort krampfen sich Magen und Herz wieder zu einem kleinen harten Klumpen zusammen. Daran habe ich noch gar nicht gedacht! Das Geschenk muss natürlich der Knaller werden. Mein Platz in der Clique ist viel zu wackelig, als dass ich mir ein blödes Geschenk leisten könnte.

»He, weißt du, worüber Athina sich freuen würde?«, flüstere ich in meiner ersten Verzweiflung Nadine zu. Aber die zuckt nur mit den Schultern und guckt gleichgültig in Richtung Tafel. Das ist ihr natürlich vollkommen egal. Sie ärgert sich viel zu sehr, dass ich zur Feier gehen kann und sie nicht.

Ich dagegen beneide Nadine inzwischen schon ein bisschen um ihre gute Ausrede. Sie muss sich gar keine Sorgen um ein Geschenk machen. Ich dagegen muss das Wahnsinnsgeschenk schlechthin präsentieren. Am besten das schönste von Athinas gesamtem Geburtstag!

Den Unterricht bekomme ich kaum mehr mit, so sehr grübele ich nach, worüber sich Athina wohl freuen könnte. Bei Klamotten habe ich Angst, ihren Geschmack nicht zu treffen, zumal wir lange nicht zusammen bummeln waren – sonst wüsste ich vielleicht, welches Teil sie sich gerade wünscht, aber nicht leisten kann. Ich überlege weiter. Da kommt mir eine ziemlich verrückte Idee: Athina hat mir einmal erzählt, dass sie Blue gut findet. Die Boyband hat gerade ein neues Album rausgebracht – irgendetwas Besonderes mit Poster und DVD. Irre teuer. Das schenke ich ihr! Das schenkt ihr sonst garantiert keiner!

Aber je länger ich darüber nachdenke, desto weniger sicher bin ich, ob ich ihr das tatsächlich schenken kann. Meine Eltern zeigen mir garantiert einen Vogel, wenn ich erkläre, dass ich vierzig Euro für ein Geburtstagsgeschenk ausgeben will. Mein Sparbuch darf ich dafür sicher auch nicht anzapfen und ansonsten habe ich kein Geld – das ist in den vergangenen Monaten für Klamotten und Pferdeleckerchen draufgegangen. Ich MUSS also meine Eltern überzeugen!

Damit beginne ich, sobald ich zu Hause angekommen bin: »Mama, kannst du mir Geld für Athinas Geburtstagsgeschenk geben?«, rufe ich schon aus dem Flur.

Mama kommt aus der Küche. »Klar, Süße, wie viel brauchst du denn?«, fragt sie.

Ich schlucke. Jetzt wird's heikel. Mama hält ihr Portemonnaie schon in der Hand und lächelt mich erwartungsvoll an. »Vierzig Euro«, sage ich.

Mamas Lächeln erstirbt, sie steckt das Portemonnaie zurück in ihre Handtasche und sagt: »Jessica, das ist ja wohl nicht dein Ernst! Zehn Euro, maximal fünfzehn. Aber vierzig? Du hast wirklich keine Ahnung, wie viel vierzig Euro sind!« Damit verschwindet sie wieder in die Küche.

Ich fürchte, sie ist sauer, und flitze hinterher. »Aber Mama, das ist das tollste Geschenk, das Athina sich vorstellen könnte. Und von ihren Eltern bekommt sie es nicht. Und ich möchte ihr soooo gerne eine richtige Freude machen. Athina ist schließlich immer so lieb zu mir ...«, schwindele ich und rede und rede und rede.

Bis Mama schließlich sagt: »Wenn dir das wirklich so wichtig ist, bekommst du das Geld. Aber bitte: Das ist eine Ausnahme. Das ist wirklich viel Geld für uns.«

Dankbar umarme ich sie. Mama ist so ein Schatz! Meine Eltern haben wirklich nicht viel Geld, trotzdem versuchen sie, uns jeden Wunsch zu erfüllen. Aufgeregt nehme ich die Scheine entgegen, auch wenn ich mich ein wenig schlecht dabei fühle.

Ich schnaufe tief durch, als ich kurz darauf das viele Geld gegen eine dämliche CD eintausche. Ich fühle mich schrecklich. Hätte ich irgendeine andere Idee gehabt, hätte ich es wirklich nicht getan, aber so sehe ich keine andere Chance für mich. Ich MUSS Athina etwas schenken, was sie freut! Gerade Athina!

Mit dieser Überzeugung und der teuren CD in der Hand breche ich am Sonntag um kurz vor vier zu Athinas Geburtstagsfeier auf. Papa fährt mich, weil draußen ein eisiger Wind weht. Ich bin ihm wirklich dankbar, aber er lacht nur: »Ich will doch nicht, dass mein Engelchen sich erkältet!« Mein fürsorglicher Papa!

Dieser Tag ist bestimmt der kälteste und ungemütlichste des ganzen Winters. Wahrscheinlich sogar der kälteste und ungemütlichste der vergangenen hundert Jahre! Ich zumindest kann mich nicht daran erinnern, jemals so gefroren zu haben. Dabei haben wir schon Februar und jeder freut sich auf den Frühling! Bibbernd schaue ich durch die beschlagenen Autoscheiben. Überall liegt Schnee und das gibt es hier selten.

Athina wohnt in einem alten Backsteinhaus direkt neben einer befahrenen Straße. Wieder wundere ich mich, dass ich noch nie bei ihr gewesen bin. Ich weiß fast gar nichts über ihr Zuhause, außer dass ihre Eltern einen Imbiss betreiben.

Papa hält verbotenerweise kurz in einer Ausfahrt, damit ich schnell rausspringen kann.

»Danke! Ich melde mich dann nachher, wann du mich abholen kannst«, rufe ich ihm noch zu und springe eilig die paar Schritte über den Gehweg zu Athinas Wohnhaus. Die Hausbeleuchtung ist kaputt. Alles sieht ziemlich heruntergekommen aus. In der Dunkelheit kann ich kaum erkennen, wo ich klingeln muss. Anscheinend wohnt Athina im dritten Stock. Als der Türsummer geht, trete ich ins Treppenhaus. Hier riecht es nach Essen. Aber nicht lecker. Eher ekelig. Ich bin aufgeregt, auch wenn mir das tolle Geburtstagsgeschenk wenigstens ein kleines bisschen Sicherheit verschafft.

Athina steht schon im Türrahmen, als ich in ihrer Etage ankomme. Sie ist stark geschminkt und sieht bestimmt zwei Jahre älter aus als an normalen Schultagen. Ich fühle mich wie ein Baby neben ihr.

»Wo ist mein Geschenk?«, fragt sie statt einer Begrüßung.

Irritiert überreiche ich ihr die CD: »Alles Gute zum Geburtstag!«, sage ich brav.

Athina nickt nur. Dann verschwindet sie im Inneren der Wohnung und ich laufe einfach hinterher, ziehe im Flur die Schuhe aus, hänge meine Jacke auf und gehe ins Wohnzimmer. Da sitzen Mehmet und Jasmin und zwei Mädchen, die ich noch nicht kenne. »Hallo!«, sage ich in die Runde.

Keine Antwort. Athinas Freundinnen mustern mich abschätzig. Beide sind total aufgedonnert, sodass selbst Athina und Jasmin neben ihnen kindlich und unscheinbar wirken.

Athina packt gerade mein Geschenk aus. Mein Herz klopft schneller. Na, da wird sie aber gleich staunen, freue ich mich schon, da verzieht Athina das Gesicht: »Blue? Das ist doch voll die Kinderkacke! Die sind doch scheiße!«, mault sie und pfeffert die CD in die Ecke.

Mehmet und Jasmin kichern leise, aber die beiden anderen Freundinnen von Athina lästern sofort mit: »Ja, Blue ist voll peinlich!«, nölt die eine.

Mir wird ganz schlecht. »Entschuldigung, du hast doch neulich gesagt, dass du Blue gut findest«, versuche ich, mich vorsichtig zu rechtfertigen.

Aber Athina lacht nur künstlich laut auf: »Quatsch, die sind voll peinlich! Wie kannst du mir solche Grütze schenken? Ich dachte, du willst mit uns befreundet sein?«

Ich zucke zusammen. »Aber das will ich doch auch!«, sage ich fast weinerlich.

Die anderen lachen. Athina stöhnt laut auf: »Dann schenk mir nicht solchen Schrott!«

Betroffen lasse ich die Schultern hängen. Allerdings nicht unbedingt, weil ich Athina »solchen Schrott« geschenkt habe, sondern vor allem, weil ich meinen Eltern gegenüber ein schlechtes Gewissen habe. Dafür haben sie mir so viel Geld gegeben? Damit Athina die CD wie den letzten Dreck in die Ecke feuert? Kleinlaut setze ich mich auf den Sessel, weil auf dem Sofa kein Platz mehr für mich ist. Ich fühle mich unwohl und sage kein Wort mehr. Aber das fällt niemandem auf. Dafür sind Athinas Freundinnen viel zu laut.

Die eine ist stark übergewichtig und betont ihre Fülle in knallengen Klamotten. Ihre Haare sind eindrucksvoll hochtoupiert und auf ihrem Gesicht klebt orangebraunes Make-up, das wahrscheinlich die unreine Haut abdecken soll. Wenn sie spricht, entstehen tiefe Furchen in der Masse. Und sie spricht ständig und fast nur über Jungs und Schlampen.

Die zweite Freundin benutzt vermutlich das gleiche Make-up. Hinter ihren angeklebten Wimpern leuchtet in einem auffälligen Türkisblau der dickste und längste Lidstrich, den ich je gesehen habe. Obwohl sie nur unwesentlich älter ist als wir anderen, vielleicht ein oder zwei Jahre, trägt sie ihre Hose so, dass jeder den knappen roten Stringtanga sehen kann, auf den sie zusätzlich regelmäßig hinweist – für den Fall, dass ihn irgendjemand noch nicht bemerkt haben sollte. Wenn Mama das sehen würde ... Ich darf ja nicht einmal Miniröcke tragen!

Nadine hat wirklich Glück, dass sie nicht hier sein muss. Es ist die schrecklichste Geburtstagsparty, auf der ich jemals war. Ich sage jedoch kein Wort, lächele nur freundlich vor mich hin und hoffe, dass die Zeit schnell vergeht. Das hier ist gar nicht meine Welt. Überhaupt nicht. Ein bisschen wehmütig denke ich an meine lustigen Barbie-Nachmittage mit Anna oder die gemütlichen Spieleabende mit meiner Familie.

Hier ist es einfach nur ätzend. Was für eine Zeitverschwendung! Gegen sechs Uhr schlagen die anderen vor rauszugehen. Ich frage mich zwar, was wir bei diesem Ekelwetter draußen sollen, aber ungemütlicher als hier drin kann es auch nicht sein.

»Du gehst schon mal vor!«, befiehlt Athina und ich gehorche. Schließlich bin ich froh, wenn ich rauskomme. Nur schnell durch das stinkende Treppenhaus, dann stehe ich auf der Straße. Der eisige Wind schlägt mir entgegen. Ich hole tief Luft. Auch wenn ich schon nach einer Minute friere, ist es beinahe befreiend, hier draußen zu stehen. So beklemmend war es drinnen.

Da höre ich Athinas Stimme. Verwundert sehe ich mich um. Wo ist sie denn?

»Hier oben!«, ruft Athina und mein Blick klettert die ungepflegte Backsteinfassade hoch bis zu einem erleuchteten Fenster, in dem ich Athina und eine ihrer merkwürdigen Freundinnen erkenne.

Wo bleibt ihr denn ...?, will ich ihnen gerade zurufen, da trifft mich ein gewaltiger Schwall Wasser im Gesicht. Ich bekomme keine Luft. Pruste. Kann nichts sehen, wische mir das Wasser aus den Augen und spüre, wie es an mir herabrinnt und in meine Kleidung sickert.

Auf meinem Kopf, auf den Augen, auf der Nase, am Mund bildet sich eine hauchdünne Eisschicht, die bei jeder Bewegung aufplatzt und sich dann sofort wieder schließt. Geistesgegenwärtig reiße ich mir die klatschnasse Jacke vom Körper, was es aber nicht besser macht. Nun schießt der kalte Wind durch meinen Pullover wie unzählige spitze Eispickel. Fassungslos sehe ich an mir herab.

Sind die wahnsinnig? Haben die mir bei diesem Wetter Wasser über den Kopf geschüttet?

Reglos stehe ich da und kneife die Lippen zusammen, die trotzdem zu bibbern anfangen. Ich bekomme Panik. Klatschnass in dieser Kälte! Am liebsten würde ich jetzt kreischen, hüpfen, weinen, zusammenbrechen und nie wieder aufstehen. Warum tun sie mir das an? Automatisch sehe ich noch einmal nach oben. Da hängen sie inzwischen zu fünft aus dem Fenster, lachen laut und hysterisch und johlen begeistert, wie ich da nass und schlotternd auf der Straße stehe.

Athina brüllt: »Scheiße, das ist zu dunkel da unten!« Und ihren Bewegungen entnehme ich, dass sie gerade versucht hat, ein Foto von mir zu machen.

Jasmin ruft zu mir runter: »Jessica, kannst du dich nicht besser ins Licht stellen?«

Die anderen quietschen vor Lachen.

Ganz ehrlich: Das ist überhaupt nicht lustig. Das ist schlimm!

Zitternd drehe ich mich um. Auf der gegenüberliegenden Straßenseite entdecke ich eine Tankstelle. Ohne darüber nachzudenken, renne ich los. Rüber zur Tankstelle. Dabei achte ich nicht auf Autos, ich achte auf gar nichts. Ich renne bloß.

Tränen rollen mir übers Gesicht. Die Kälte tut weh. Richtig weh. Bei jedem Schritt friert meine Hose aufs Neue ein.

Das alles ist so gemein. So unendlich gemein! Und obwohl ich gerade ganz eindeutig ein echtes Problem habe, muss ich an die geschenkte CD denken. *Dafür* haben meine Eltern mir so viel Geld gegeben: vierzig Euro! So viel Geld! Für Athina! Für den Müll ... Und ich habe meine Mutter bekniet, dass sie es mir gibt. Ich bin am Boden zerstört!

Als ich zu Hause anrufe, kann ich vor lauter Zittern kaum sprechen. Papa bekommt einen Riesenschreck, aber ich versichere ihm, dass alles in Ordnung ist und dass er mich bitte an der Tankstelle gegenüber von Athinas Haus abholen soll.

»Ich bin in zehn Minuten da!«, verspricht er und ich höre, wie er sich noch am Telefon seine Jacke überzieht.

Trotzdem kommen mir die zehn Minuten wie eine Ewigkeit vor. Ich bibbere und schlottere so sehr, dass ich es kaum schaffe, mir die Haare zu einem Pferdeschwanz zu binden. Aber so ist es besser, dann sieht man die nassen Haare nicht so sehr.

Ich muss ein erbärmliches Bild abgeben. Das erkenne ich sofort an Papas Blick, als er kurz darauf an der Tankstelle auftaucht.

»Mensch, Jessica, was ist denn passiert?«, fragt er besorgt.

Ich versuche, die Fassade zu wahren, und lächle ihn an: »Nichts! Wir haben eine Schneeballschlacht gemacht.«

Mein Vater zieht die Stirn kraus: »Und deshalb bist du so nass?«, fragt er ungläubig.

Ich zucke verlegen mit den Schultern: »Ich bin in einen Schneehaufen gefallen«, schwindele ich.

Mein Vater schüttelt den Kopf. Aber weil ich meine Eltern noch nie belogen habe, glaubt er mir. Das versetzt mir einen erneuten Stich. Meine Eltern vertrauen mir. Dabei verdiene ich das gar nicht!

Nicht mehr!

Ich fühle mich hundeelend, als ich neben Papa im Auto sitze. Weil ich meinen Eltern so viel Geld abgeknüpft habe, weil ich sie anschwindele und weil ich weiß, dass das mit der Mobberei nun weitergehen wird. Keine Ahnung, warum sie mir diese kurze Verschnaufpause gegönnt haben.

Mit diesem Gedanken stelle ich mich zu Hause unter die Dusche und drehe sie extraheiß auf. Als könnte ich die ganze Erniedrigung, die Scham, den Schmerz und die Angst abspülen, wenn ich das Wasser nur heiß genug einstellte.

Ich dusche und dusche, bis meine Mutter irgendwann

besorgt gegen die Badezimmertür klopft: »Jessica, ist alles in Ordnung?«, ruft sie.

Und ich brülle zurück: »Alles super. Ich komme schon.« Doch als ich mich abtrockne, ist alles noch da: der Schmerz, die Scham und – am stärksten – die Angst. Die Angst vor morgen und vor allem, was kommt. Ist das Foto was geworden, obwohl es dunkel war? Lacht sich gerade in diesem Moment schon meine ganze Schule auf SchülerVZ darüber kaputt, wie ich nass und schlotternd auf der Straße stehe? Eine heiß-kalte Welle der Verzweiflung durchläuft meinen Körper und bleibt als stechendes Prickeln an meiner Hirnhaut hängen. Die Ungewissheit quält mich. Ich fühle mich so ausgeliefert, denn ich weiß genau, dass ich überhaupt keine Chance hätte, dagegen vorzugehen. Das Bild würde noch bis zum Sankt-Nimmerleins-Tag im Internet stehen. Jeder – wirklich JEDER! – wüsste, wie schlecht ich mich behandeln lasse.

An diesem Abend merken meine Eltern, dass etwas nicht stimmt. Schon beim Abendessen sprechen sie mich an, aber ich wiegele ab: »Ach was, es ist alles bestens!«, behaupte ich, während ich lustlos in meinem Essen herumstochere. Und dann werfen sie sich einen Blick zu, dem ich entnehme, dass sie nicht wissen, wie sie mit dem Ganzen umgehen sollen. Sie fühlen sich hilflos, das sehe ich ihnen an.

»Ist wirklich alles in Ordnung?«, fragt Mama noch einmal, als ich nach dem Abendessen das Geschirr in die Küche trage und alleine mit ihr bin.

»Ja«, schwindele ich schon wieder.

Doch Mama lässt nicht locker: »Du wirkst so bedrückt«, hakt sie nach und sieht mir fest ins Gesicht.

Aber ich schüttele nur den Kopf: »Nein, alles gut. Ich habe nur ein bisschen Kopfschmerzen.«

Das erscheint meiner Mutter wohl plausibel und sie stellt keine weiteren Fragen mehr.

Denise übernachtet – Gott sei Dank! – bei einer Freundin. Sonst hätte sie sicher gehört, dass ich mich an diesem Abend in den Schlaf weine.

Als am nächsten Schultag der Wecker klingelt, bin ich längst wach. Wie immer öffnet meine Mutter leise meine Zimmertür, um sich zu verabschieden: »Tschüs, Süße, ich muss jetzt los. Ich wünsche dir einen schönen Schultag.« Sie ist schon fast wieder aus dem Zimmer, da überlegt sie es sich noch einmal anders, läuft schnell zu mir ans Bett und gibt mir einen eiligen Abschiedskuss – wie beinahe jeden Morgen. Ich lächele sie schwach an.

Ich will heute nicht zur Schule!

Da Denise noch immer bei ihrer Freundin ist, bin ich alleine in der Wohnung, sobald Mama die Tür ins Schloss zieht. Es ist niemand da, der mich aus dem Bett scheuchen könnte. Deshalb bleibe ich noch ein bisschen liegen. Ich überlege: Was wäre eigentlich, wenn ich einfach nicht zur Schule ginge? Bewegungslos liege ich unter meiner Decke. Meine Eltern würden es gar nicht merken. Nur die Entschuldigung, die ist ein Problem!

Ich könnte natürlich versuchen, Mamas Unterschrift nachzuahmen. Aber eigentlich will ich das nicht und kann mich auch nicht zu so einem Betrug durchringen. Also kämpfe ich mich schließlich aus dem Bett, schleppe mich ins Bad und stelle mit Schrecken fest, dass es schon nach sieben ist.

»Na und!«, denke ich trotzig. Dann komme ich eben ausnahmsweise mal zu spät. Das ist eigentlich sogar besser, weil ich dann wenigstens sicher sein kann, dass ich

Athina und den anderen nicht schon vor dem Unterricht begegne.

Kurz nach dem Lehrer betrete ich den Klassenraum. Athina und Jasmin stoßen sich an und kichern, sobald sie mich sehen, und Paul und Mehmet grinsen breit.

Nach Nadines Blick zu urteilen weiß auch sie garantiert Bescheid, was passiert ist. »Na, frisch geduscht?«, zischt sie mir zu, als ich neben ihr Platz nehme. Ich sage nichts dazu, aber ich merke, wie satt ich es habe, mich von den anderen so mies behandeln zu lassen. Ich könnte brechen! Statt meinen Frust abzureagieren und mich einfach in Nadines schönes Pferdemäppchen zu übergeben, sehe ich mich ängstlich um, ob mich auch die anderen Schüler anders anschauen. Guckt irgendwer schadenfroher oder mitleidiger als sonst? Ist irgendetwas anders? Mir fällt nichts auf. Das bedeutet wohl, dass sie nichts über mich veröffentlicht haben. Ich atme erleichtert auf. Gut, dass vor Athinas Haus keine Laterne steht!

In der Pause beeile ich mich wieder, als Erste aus dem Klassenraum zu flüchten, um unauffällig in den Schülermassen abzutauchen. Leider vergesse ich in der Aufregung meinen Rucksack. Ein dummer Fehler!

Als ich pünktlich zum Unterrichtsbeginn zurückkomme, sind meine Hausaufgaben zerrissen. Fassungslos starre ich auf meinen offenen Rucksack und den Schnipselhaufen auf meinem Platz. Ich habe mir viel Mühe gegeben mit der Deutschhausaufgabe ...

Nadine sitzt da und lacht mich gehässig an. Einen Augenblick überlege ich, die Hausaufgabenfetzen einfach im Mülleimer zu entsorgen, doch dann erwacht zum ersten Mal mein Kampfgeist. Ich beiße mir auf die Lippen und setze mich wortlos hin. Die können was erleben! Frau Stein ist immerhin unsere strengste Lehrerin und ich kann mir nicht vorstellen, dass sie einen zerfetzten Aufsatz einfach so durchgehen lässt. Ungeduldig warte ich darauf, dass unsere strenge Lehrerin mit der Kontrolle der Hausaufgaben beginnt, die sie konsequent in jeder Stunde durchführt. Gleich geht's los!

Nadine schaut unruhig auf den Schnipselhaufen vor mir. Ihr wird wahrscheinlich auch gerade bewusst, dass sie sich damit ein Eigentor geschossen haben.

»Was ist das?«, fragt Frau Stein prompt, als sie an meinen Platz tritt.

»In der Pause haben die mir meine Hausaufgaben zerfetzt«, platzt es nur so aus mir heraus. Aufgebracht und erwartungsvoll sehe ich meine Lehrerin an.

Frau Stein verdreht die Augen. Sie richtet sich streng auf, guckt einmal quer durch den Klassenraum und poltert dann: »Ich habe auf diese Kindereien keine Lust. Ich möchte nicht, dass das noch einmal in meinem Unterricht vorkommt!« Das war's. Dann geht sie weiter. Fassungslos sehe ich ihr hinterher.

Sie hat nicht mal versucht, einen Schuldigen zu finden!

Athina und die anderen grinsen sich an. Sie fühlen sich unbesiegbar. Und anscheinend sind sie das auch.

In den nächsten Tagen und Wochen lassen sie zwar meine Deutscharbeiten in Ruhe. Die könnte ich tatsächlich offen auf meinem Platz liegen lassen. Aber alles andere, was sie in die Hände bekommen, wird zerstört. Manchmal klauen sie mir die Hausaufgaben während des Sportunterrichts aus meinem Rucksack, einmal sogar, während ich im Unterricht aufs Klo gehe. Sie sind völlig hemmungslos. Und nach der Niederlage bei Frau Stein versuche ich auch gar nicht mehr, mich noch einmal dagegen aufzulehnen. Bringt ja eh nichts! Die Lehrer helfen mir nicht. Niemand hilft mir.

Stattdessen versuche ich, besser auf meine Sachen aufzupassen, lasse sie niemals unbeobachtet irgendwo liegen. Das macht es natürlich sehr viel schwieriger, schnell in die Pausen zu entkommen. Schließlich kann ich nicht schon vor Unterrichtsschluss meine Sachen packen.

Gegen Mobbing sagen meine Lehrer nichts, gegen frühzeitiges Taschepacken aber schon! Es ist absurd.

Verrückterweise gibt es zwischendurch immer mal Tage, an denen die Clique nett zu mir ist. Jedes Mal hoffe ich aufs Neue, dass es überstanden ist, dass die Mobberei aufhört. Aber kurz darauf kommt eine neue Attacke.

Ich bin so etwas wie ihre Geisel. Ich fühle mich komplett von ihnen abhängig. Deshalb versuche ich, es ihnen immer recht zu machen, denn eine Fluchtmöglichkeit sehe ich nicht. Um die Schule zu wechseln, müsste ich mit meinen Eltern sprechen, und das möchte ich nicht. Und für Gegenwehr fehlt mir inzwischen nicht mehr nur der Mut. Mir fehlt vor allem die Kraft.

Kapitel 4: 6. Klasse

»Bald sind Ferien. Heute habe ich meine Mutter angelogen, weil ich nicht in die Schule wollte, weil ich müde war. In der Schule hassen mich alle.«

Tagebucheintrag von Jessica, 6. Klasse

»Ein Betroffener sollte sich an einen spezialisierten Rechtsanwalt wenden, damit dieser die betroffenen Persönlichkeitsrechte verteidigt und sämtliche bestehenden Ansprüche durchsetzt. Zunächst sollte man die unverzügliche Beseitigung der Rechtsverletzung erwirken, beispielsweise der Texte oder Fotos in sozialen Netzwerken oder Foren, um eine weitere Verbreitung zu verhindern.

Um einen notwendigen Unterlassungsanspruch und Schadensersatz- oder auch Geldentschädigungsansprüche erfolgreich durchzusetzen, muss der Täter identifiziert werden. In diesem Zusammenhang ist immer auch die strafrechtliche Relevanz des Cyber-Mobbings zu beachten. In den meisten Fällen raten wir unseren Mandanten dazu, Anzeige zu erstatten. Neben der erforderlichen strafrechtlichen Sanktionierung kann die Polizei auch wesentlich bei der Ermittlung der Identität des Täters behilflich sein.«

Dr. Niklas Haberkamm, LL. M. oec., Rechtsanwalt

Laut poltert meine Schwester zur Wohnungstür herein, die sie krachend hinter sich zuschlägt. Ich bin vor ihr zu Hause und komme verwundert aus unserem Zimmer gelaufen: »Was ist denn los?«, frage ich.

Zeitgleich mit mir erscheint auch meine Mutter im Flur. Erstaunt beobachten wir Denise, wie sie wütend ihren Rucksack in die Ecke feuert und schnaufend ihre Jacke über den Garderobenhaken schmeißt.

»Ratet mal, wen ich im Bus getroffen habe?«, will sie wissen und stemmt dabei ihre Hände in die Taille.

Ahnungslos zucke ich mit den Schultern und meine Mutter zieht genervt die Augenbrauen hoch. Sie mag es nicht, wenn Denise so ein Theater macht.

»Nun sag schon!«, fordert sie meine Schwester auf, die noch einmal tief Luft holt.

Dann schaut sie mich an: »Deine Freundin Nadine.«

Meine Mutter scheint das Interesse an der Show zu verlieren und geht zurück in die Küche, aber ich bin ganz Ohr und mein Herz rast. Denise saust meiner Mutter hinterher. Offenbar soll die nicht verpassen, was Denise mit Nadine erlebt hat: »Eure liebe Nadine, mit der ihr ja immer so viel Mitleid habt, saß eben mit mir im Bus.«

Weitere Kunstpause. Ich klebe an Denise' Lippen. Und auch Mama schaut sie nun wieder interessiert an: »Ja und?«, fragt sie.

Denise' Augen funkeln vor Zorn. »Eure liebe Nadine saß eben im Bus und hat richtig fies über Jessica abgelästert. Anscheinend hat sie nicht gesehen, dass ich auch im Bus war. Sie hat gesagt, wie fett und hässlich Jessica ist. Und dass sie stinkt. Und immer total schrecklich angezogen ist.« Aufgebracht schaut Denise uns an.

Mir ist ganz schlecht. Natürlich wusste ich, dass sie

schlecht über mich reden. Aber dass sie das laut im Bus und in Gegenwart meiner Schwester tun, trifft mich trotzdem.

Meine Mutter verzieht keine Miene. Sie denkt nach, das sehe ich ihr an. Diese Nachricht muss sie auch erst einmal verdauen.

Denise schimpft weiter: »Ich konnte die noch nie leiden. Ich hatte immer ein schlechtes Gefühl bei ihr. Dieses kleine Aas!« Meine Mutter beißt sich auf die Lippen. Und Denise' Augen werden zu kleinen Schlitzen, als sie weiterredet: »Ich bin dann natürlich mit ihr ausgestiegen.«

Nun habe ich das Gefühl, mein Herz setzt aus. »Und was hast du gemacht?«, frage ich heiser. Mein Mund ist ganz trocken.

»Ich habe sie natürlich zur Rede gestellt!«, poltert Denise. »Ich habe sie gefragt, was das soll, und gesagt, dass ich das nicht noch mal hören will.«

»Und Nadine? Was hat die gesagt?«, frage ich weiter.

»Ach, die hat gar nichts gesagt. Ganz kleinlaut war sie. Hat mich nicht einmal anschauen können. Kleine Hexe! Hat nur genickt und ist dann schnell weggelaufen.« Wieder schnaubt Denise. Sie ist richtig sauer.

Meine Mutter auch. Auch wenn sie nichts sagt, sehe ich ihr den Ärger an. Nur ich stehe da und weiß nicht, was ich sagen soll. Ich weiß nicht mal, was ich fühlen soll. Wütend bin ich nicht. Wenn ich überhaupt etwas bin, dann ängstlich, was dieser Vorfall nun für Auswirkungen auf mich haben wird.

Am Abend beratschlagen meine Eltern, wie sie mit dieser Geschichte umgehen sollen. Sie entscheiden sich dafür, noch am selben Abend Nadines Eltern anzurufen. Ich wäre ja dafür, einfach gar nichts zu machen. Aber Mama lässt nicht mit sich reden: »Hör mal, Jessica, wir haben Nadine so oft mitgenommen. Wir kennen sie gut. Da kann ich es nicht einfach hinnehmen, dass sie dann bei anderen so schlecht über dich redet«, erklärt sie mir mit fester Stimme. Und Denise betont noch ein paarmal, wie blöd sie Nadine schon immer gefunden hat.

Ich fühle mich unwohl und gehe früh zu Bett. Nun ist die Geschichte also doch in meiner Familie angekommen. Mein Herz rast schon wieder. An Schlafen ist nicht zu denken. Stattdessen lausche ich angestrengt nach draußen, um das Telefonat zwischen meiner Mutter und Nadines Eltern mitzubekommen. Leider verstehe ich nur einige Wortfetzen. Und das auch nur, wenn meine Mutter mal kurz ein wenig lauter wird.

Lautlos schleiche ich an die Zimmertür, um besser lauschen zu können. Offenbar sind Nadines Eltern nicht einsichtig. Ganz im Gegenteil: Sie streiten anscheinend ab, dass ihre Tochter so etwas tun würde, und beschuldigen stattdessen Denise, dass sie Nadine im Bus grundlos bedroht hätte.

Das wiederum will meine Mutter nicht glauben: »Ganz ehrlich, das würde Denise nie tun. Sie würde niemals grundlos Ihre Tochter bedrohen!« So geht es eine ganze Weile. Dann höre ich nur noch: »Ja, Sie haben recht. Das bringt hier wohl nichts.« Dann legt sie auf.

Leise schleiche ich zurück in mein Bett. Das Telefonat hätte Mama sich glatt sparen können. Damit hat sie gar nichts erreicht.

Laut höre ich Denise zetern: »Das ist echt das Allerletzte! Ich habe sie wirklich nicht bedroht! Und wenn, dann hätte sie es mehr als verdient! Diese hinterhältige Schlange.«

Meine Eltern widersprechen nicht. Sie sind wahrscheinlich ehrlich enttäuscht, dass das Mädchen, das sie so freundlich aufgenommen haben, sich nun so schäbig verhält. Denn eines stellen sie überhaupt nicht infrage: dass Denise lügen könnte. Unsere Eltern glauben uns. Immer.

Als Denise kurz darauf ins Kinderzimmer kommt, tue ich, als würde ich schlafen. Ich möchte über dieses Thema nicht sprechen. Außerdem versuche ich, mir auszumalen, was mich am nächsten Tag in der Schule erwartet. Kein Zweifel, dass diese Aktion irgendwelche Folgen für mich haben wird ...

Schon als ich das Foyer betrete, sehe ich allen an, dass sie Bescheid wissen. Klar. Das war auch nicht anders zu erwarten. Wütend schauen sie zu mir rüber. Schon alleine ihr Gesichtsausdruck ist eine Kampfansage. Das heißt: Ich werde heute extragut auf meine Sachen aufpassen und besonders schnell im Getümmel verschwinden.

Aber leider ist mir heute nicht einmal das Getümmel wohlgesonnen. Durch die fiesen Kommentare von irgendwelchen Schülern bekomme ich mit, dass Nadine tatsächlich überall herumerzählt hat, dass Denise sie bedroht hätte. Na super! Jetzt habe ich stinkende Kuh auch noch eine gemeingefährliche Schwester. Und jeder weiß es.

Ich frage mich, wie diese Geschichte so schnell die Runde machen konnte. Ich meine, der Tag hat doch gerade erst begonnen und die Sache im Bus ist erst NACH der Schule passiert. Merkwürdig.

Aber dann durchzuckt mich die einzig mögliche Erklärung wie ein Blitzschlag: Natürlich! Das Internet! Jede Wette, dass sie das im Internet verbreitet haben! Unsicher sehe ich mich um. Haben sie es alle gelesen? ALLE?

Plötzlich wirken alle Schüler wie Zombies auf mich. Sie

sehen nur aus wie normale Menschen – aber in Wahrheit sind sie gefährlich, bedrohlich, und ich bin ihr Opfer. Ich gerate in Panik. Hektisch zottele ich meinen Rucksack vom Rücken, presse ihn mir vor den Bauch und renne, so schnell in kann, in unseren Kunstraum. Da bereitet die Lehrerin bereits den Unterricht vor. Obwohl ich Kunst hasse, bin ich zumindest froh, einen Menschen gefunden zu haben, von dem ich mich nicht bedroht fühle. Frau Schulz hat garantiert nichts mit dem SchülerVZ am Hut.

Dafür aber definitiv der Rest der Klasse. Anders kann ich mir nicht erklären, warum Sergej mir plötzlich doppelseitiges Klebeband ins Haar klebt. Ein Junge, mit dem ich bislang noch nie Streit hatte – oder überhaupt etwas zu tun.

Er wuschelt es so richtig rein. Spontan greife auch ich nach dem Kleber und pappe ihn Sergej an den Kopf. Da springt er wütend auf und beschimpft mich: »Blöde Schlampe! Was soll das? Du bist voll assi.« Schockiert starre ich ihn an. Spinnt der? Wieso bin ich asozial, wenn er mir Kleber ins Haar pappt?

Eingeschüchtert und perplex setze ich mich wieder hin und versuche vorsichtig, das Band aus meinem Haar zu fummeln. Dabei reiße ich mir ganze Haarbüschel aus, was ziemlich wehtut. Sergej dagegen zieht das Klebeband mit einer einzigen Handbewegung aus seinem kurzen Haar. Er hält kurz inne, dann klebt er auch das an meinen Kopf. Ich quietsche und er startet eine neue Schimpftirade: dass ich es ja nicht anders verdient hätte und so.

Durch den Lärm sieht sich nun auch unsere Kunstlehrerin genötigt, ausnahmsweise mal einzugreifen. »Was ist hier los?«, fragt sie streng.

Und was passiert? Nadine und Natalie bezeugen, dass ich Sergej grundlos angegriffen hätte. Daraufhin ordnet meine Lehrerin an, dass alle anderen weiterarbeiten sollen, und zu mir sagt sie mit einem wütenden Gesichtsausdruck: »Und du kommst jetzt erst einmal mit.«

Sprachlos, weil ich wegen dieser Ungerechtigkeit schon wieder mit den Tränen kämpfe, folge ich ihr in Richtung Lehrerzimmer. Meine Lehrerin schaut mich kein einziges Mal an und marschiert stramm voran. Erst als sie mich an einen Tisch setzt und mir ein Buch, Zettel und Stift hinlegt, fange ich an zu jammern: »Aber schauen Sie mich doch mal an! ICH habe den Kleber am Kopf. Sergej hat angefangen! Hallo? Ich klebe mir das Band doch nicht selbst ins Haar!«

Aber das interessiert Frau Schulz herzlich wenig. Sie hört mir nicht einmal zu. Stattdessen befiehlt sie mir, als Strafarbeit irgendeinen Text über irgendeinen Maler abzuschreiben.

Als ich nach dem Pausenklingeln zurück in den Kunstraum komme, ist er leer. Komplett leer. Mit meinen Klassenkameraden sind auch meine Sachen verschwunden. Ich stehe in dem Zimmer und heule. Weil ich mich so ungerecht behandelt fühle und weil ich einfach nicht mehr weiterweiß.

Später entdecke ich meinen Rucksack im Mülleimer. Leider ist sein Inhalt auf sämtliche Abfalleimer in der Umgebung verteilt. Mit Ekel kratze ich Butterpapier und Bananenschalen von meinen Sachen. Aber ich bin froh, dass ich mein Mäppchen und die Ordner überhaupt wiederfinde.

Eilig renne ich danach zu meiner Klasse. Es fällt mir schwer, die Tür zu öffnen. Da nun plötzlich alle involviert sind, fühlt es sich an, als müsste ich ins Höllenfeuer steigen. Alles ist Schmerz und Gefahr und Bedrohung.

Als ich in einer Fünf-Minuten-Pause kurz auf die Toilette gehen will, fangen mich Athina und die anderen ab.

Sie bauen sich bedrohlich vor mir auf. »Ich will bitte nur schnell aufs Klo«, bettele ich. Meine Stimme bricht. Ich habe Angst.

Athina tritt mit einem gehässigen Gesichtsausdruck vor mich und gibt mir einen Schubs, sodass ich gegen Mehmet pralle. Der schubst mich zu Paul. Und Paul weiter zu Jasmin. So schleudern sie mich hin und her und ich komme gar nicht mehr auf die Füße. Ich jammere: »Lasst das! Bitte, lasst das.« Aber sie hören nicht auf: Zu fünft schubsen und treten sie mich im Kreis. Meine Haare kleben an meinem tränenüberströmten Gesicht. Ich habe gar keine Orientierung mehr. Da hören sie plötzlich auf und ich falle zu Boden.

Heulend und völlig hilflos sitze ich da.

Plötzlich taucht unser freundlicher Englischlehrer auf und beugt sich zu mir hinab: »Alles in Ordnung, Jessica?«

Ich nicke. Aber man muss nicht besonders sensibel sein, um zu sehen, dass überhaupt nichts in Ordnung ist. »Darf ich noch kurz aufs Klo?«, schluchze ich, was Herr Dirberg mir sofort erlaubt.

Seit diesem Erlebnis bin ich in der Schule noch ängstlicher. Am liebsten schließe ich mich in den Pausen im Klo ein, weil ich mich hinter der geschlossenen Tür einigermaßen sicher fühle. Und seitdem ich nicht mehr weiß, wer mein Feind ist, versuche ich einfach, allen aus dem Weg zu gehen. Es verunsichert mich zutiefst, dass ich nicht einschätzen kann, wer die Lügen über meine Schwester und mich gelesen hat und wer nicht.

Bevor ich nach Pausenende zurück in die Klasse gehe, stelle ich mich ans Waschbecken und wasche meine Achselhöhlen. Denn – das ist verrückt, das weiß ich selbst – sogar ich selbst beginne, den Gerüchten ein bisschen zu glauben. Vielleicht haben sie recht und es stimmt, dass ich stinke. Wenn sich immer mehr Schüler an dem Mobbing beteiligen, muss an ihren Sprüchen doch was dran sein. Oder nicht?

Dementsprechend brauche ich auch zu Hause inzwischen dreimal so lange im Bad. Ich dusche jeden Tag und wasche mich sogar zwischendurch – vor lauter Angst, dass ich tatsächlich miefen könnte. Außerdem fange ich an, abends weniger zu essen, damit ich abnehme und sie nicht mehr sagen können, dass ich fett bin. Dabei fällt mir das echt schwer – ich esse nämlich richtig gerne. Vor allem wenn es abends nicht nur Brot, sondern Nudeln gibt. Als ich mich nach Mamas Spaghetti mit Thunfischsoße mal wieder richtig pappsatt fühle und mich ärgere, dass ich beim Abendessen schon wieder so zugeschlagen habe, stelle ich mich vor die verspiegelte Tür meines Kleiderschranks und sehe mich an. Die Arme baumeln seitlich an mir runter. Ich lege den Kopf schief und begutachte mich ganz genau. Wieder denke ich mir: Meine Haare sind das einzig Schöne an mir. Aber der Rest? Meine großen Füße stecken in rosafarbenen Hello-Kitty-Socken. Sie sind ziemlich breit, richtige Quadratlatschen, und damit weit entfernt von grazilen Barbiepuppen-Füßchen. Ich mag meine Füße nicht.

Weiter! Die Waden. Auch nicht schön. Viel zu kräftig. Echte Stampfer! Langsam wandert mein Blick weiter nach oben. Über meine groben Knie zu den Oberschenkeln. Ganz schlimm ... »Viel zu schwabbelig!«, flüstere ich und klatsche auf die Schenkel, damit sie richtig wabbeln. Eklig! Wütend starre ich meine Beine an. Dabei mache ich sogar viel Sport! Warum sieht man das nicht?

Vorsichtig schiebe ich meinen Pullover nach oben, um meine Hüften anschauen zu können: »Scheiße! Viel zu breit!«, denke ich und versuche, sie an den Seiten zusammenzudrücken. Da muss überall Fett weg! Und ich wünschte, ich könnte es jetzt einfach wegschneiden, damit ich morgen schön und schlank in die Schule gehen könnte. Dann würde mich keiner mehr als »fette Sau« beschimpfen. Dann würden sie mich schön finden. Ich schnaufe.

Dabei habe ich mir meine schlimmste Problemzone noch gar nicht angesehen: meinen Bauch. Ich hasse meinen Bauch. Der ist echt hässlich. Noch schwabbeliger als die Oberschenkel. Und wenn ich eine Jeans trage, quetscht er sich über das Bündchen und bildet einen lästigen Ring. Ätzend. Meinen Bauch möchte ich auch wegschneiden. Deshalb nehme ich den Speck zwischen Zeige- und Mittelfinger – als wären meine Finger eine Schere – und ich tue so, als könnte ich alles, was zu viel ist, einfach abschneiden. Schnipp-schnapp! Weg mit den Spaghetti und dem ganzen anderen Mist, den ich zuletzt in mich reingestopft habe.

In meiner Verzweiflung lege ich mich auf den Rücken, winkele meine Beine an und pumpe meinen Oberkörper keuchend nach oben. Neunzehn, zwanzig Sit-ups für mehr Bauchmuskeln, für einen schönen schlanken Bauch. Kurze Verschnaufpause. Dann gleich noch einmal.

Nach fünf Durchläufen stehe ich auf und sehe erneut in den Spiegel. Keine Veränderung. Keine Spur von einem Bauchmuskel. Ich bin genauso fett wie vorher. Kein Wunder, bei dem, was ich heute gegessen habe: ein Brot mit Schinken, einen Apfel und vor einer Stunde Nudeln mit Thunfischsoße.

Angewidert sehe ich mich an. Ich fühle mich wie ein Klumpen. Ein hässlicher, unförmiger Klumpen. Kein Wunder, dass sie mich nicht mögen. Ich bekomme richtig Panik, wenn ich mich so ansehe. Mein Atem geht immer schneller. Die Fleischmasse bebt. Plötzlich stürme ich aus meinem Zimmer, rüber ins Bad. Dort reiße ich den Klodeckel hoch und knie mich davor. Mit dem linken Arm umklammere ich die Toilettenbrille, die rechte Hand schiebe ich in meinen Mund. Den Zeigefinger stecke ich so weit in den Rachen, dass er einen Würgereflex auflöst. Die Tränen schießen mir in die Augen. Sonst passiert nichts. Mein Körper weigert sich, seine Beute rauszurücken. Mein Bauch bleibt fett und voll. Ich hätte mir das viel leichter vorgestellt. Aber offenbar bin ich sogar zum Kotzen zu blöd. Ich ärgere mich. Bin richtig wütend auf mich selbst. »Mann, Jessica, du wirst immer fetter! Das muss raus«, beschimpfe ich mich.

Noch einmal ramme ich meinen Finger in den Hals. Ich würge. Heule. Und endlich übergebe ich mich.

Total erschöpft lasse ich mich nach hinten fallen, mit dem Rücken gegen die Badewanne. Weinend starre ich auf meine Hände. Ich ekele mich vor mir selbst.

Nach einer Weile stehe ich auf und stelle mich ans Waschbecken. Ich sehe furchtbar aus. Meine Augen sind rot und verheult. Ich nehme mir die Wurzelbürste, die bei uns am Waschbeckenrand liegt, und schrubbe meine Hände, bis die Haut so sehr brennt, dass ich die Bürste nicht mehr halten kann. Trotzdem fühle ich mich nun besser. Sauberer. So als hätte ich die Scham, dass ich so abartig bin, mich absichtlich zu übergeben, gleich mit abgewaschen. Anschließend putze ich mir noch übergründlich die Zähne, um den widerlichen sauren Geschmack loszuwerden.

Nun fühle ich mich besser. In meinem Zimmer stelle ich mich noch einmal vor den Spiegel. Aber nicht wütend, sondern stolz. Für heute habe ich meinen fetten Körper und meinen schwachen Geist besiegt. Ich bin offenbar doch zu etwas nutze. Zufrieden krabbele ich auf mein Bett und hole mein Wendy-Tagebuch vor. Mit meiner ordentlichsten Schönschrift schreibe ich:

»Ich habe es GETAN! Endlich habe ich meinen Körper besiegt, mich übergeben und mein Essen erbrochen. Erst war es ein schreckliches und ekeliges Gefühl. Aber ich bin so stolz auf mich. Die anderen in der Schule werden sehen, ich werde dünn, ganz dünn, und dann können sie mich nicht mehr wegen meinem fetten Bauch ärgern und ich sehe endlich hübsch aus und ein Junge wird sich in mich verlieben. Ich hoffe, meine Eltern merken nichts davon. Sie werden nicht verstehen, dass ich dünn werden muss. Deswegen muss ich das jetzt immer heimlich machen. Liebes Tagebuch, sie werden aufhören, sobald ich dünn bin!«

Von da an übergebe ich mich häufiger, aber es fällt mir jedes Mal schwer. Ich bekomme keine Routine, es ist ein Kampf gegen meinen Körper, der sich gegen diese unnatürliche Prozedur wehrt. Dabei hat er es nicht anders verdient. Ich hasse meinen Körper, der so hässlich ist und fett und noch dazu stinkt. Gleichzeitig ekele ich mich vor mir selbst, dass ich mich überhaupt zu so etwas zwinge. Aber immerhin: Ich nehme ab. Und das fühlt sich gut an.

Auch wenn das wahrscheinlich vor allem daran liegt, dass ich mittags nicht mehr in der Mensa esse. Das traue ich mich einfach nicht mehr. Aber weil beispielsweise meine Jeans allmählich weiter werden, während die Speckrolle am Bündchen schrumpft, denke ich, hat die Mobberei wenigstens ETWAS Gutes!

Dummerweise schmeiße ich die Essensmarken, die ich immer am Monatsanfang bekomme, nicht weg. Stattdessen stopfe ich sie in mein Portemonnaie. Ein Fehler! Denn da entdeckt sie meine Mutter an einem Nachmittag.

»Jessica!«, ruft sie aus dem Kinderzimmer. Und ich höre schon an ihrer Stimme, dass irgendetwas nicht in Ordnung ist. Kleinlaut schleiche ich aus dem Wohnzimmer zu ihr. Da steht meine Mutter vor meinem offenen Rucksack, hält mein Portemonnaie in der Hand, das proppenvoll mit Essensmarken ist. »Ich wollte gerade auf deinen Stundenplan schauen, da entdecke ich das hier.« Vorwurfsvoll hält sie mir die Essensmarken unter die Nase.

Ich senke den Kopf: »Es tut mir leid!«, sage ich. Meine Mutter schüttelt den Kopf: »Es soll dir nicht leidtun, ich würde gerne wissen, warum die hier drin sind.«

Und wieder muss ich meine Eltern anschwindeln: »Mir schmeckt es in der Mensa nicht mehr.«

Meine Mutter holt tief Luft. Sie ärgert sich. Trotzdem sagt sie ruhig: »Es ist ja auch okay, wenn du nicht mehr in der Mensa essen willst. Aber es wäre schön, wenn du uns das dann auch sagen würdest. Wir zahlen nämlich jeden Monat viel Geld für diese Marken.«

Ich nicke schuldbewusst und meine Mutter geht wortlos aus dem Zimmer.

Mist!

Aber glücklicherweise ist sie nie lange sauer. Mama sagt, was ihr nicht passt, und dann ist die Angelegenheit für sie erledigt. Dafür bin ich dankbar, denn es wäre mir jetzt wirklich zu viel, neben dem Stress in der Schule auch noch Streit zu Hause zu haben. Meine Eltern, meine Schwester, meine Freundin Anna und alle Kinder aus der Siedlung geben mir die Kraft, das in der Schule auszuhalten. Manchmal kommt es mir so vor, als würde ich zwei vollkommen gegensätzliche Leben führen: Vormittags bin ich nur auf der Flucht, ständig in Panik und permanentem Terror ausgesetzt. Am Nachmittag dagegen werde ich geliebt und geschätzt.

Vormittags bin ich das fette, stinkende Monster und nachmittags die liebe, lustige Jessica.

Meine Mama sagt immer, ich sei ein Sonnenschein, Denise findet es toll, dass ich nicht so zickig bin wie andere Mädchen, Papa freut sich oft über meine Hilfsbereitschaft und Anna meint, sie könne mit niemandem so viel lachen wie mit mir. Warum sehen meine Klassenkameraden das nicht? Warum sehen sie nichts Liebenswertes an mir? Weil ich das alles nicht bin? Weil meine Familie und meine beste Freundin ein falsches Bild von mir haben? Ich weiß es nicht. Denn ich habe inzwischen kein Bild mehr von mir. Ich weiß nicht mehr, wie ich bin. Wenn ich in mich hineinschaue, ist da nur noch Unordnung, ein völliges Chaos. Ich kann das alles nicht begreifen.

Und deshalb wünsche ich mir weiterhin nichts sehnlicher, als dass auch in der Schule endlich wieder Frieden einkehrt. Dementsprechend bin ich immer froh, wenn meine alte Clique mich plötzlich wieder nett behandelt. Das passiert gelegentlich und jedes Mal völlig überraschend. Schwups! Sind sie freundlich!

Das nächste Mal passiert es im Geschichtsunterricht: Unsere Lehrerin bestimmt, welche Schüler gemeinsam ein Projekt erarbeiten sollen, und ich lande ausgerechnet mit Athina in einer Gruppe. Natürlich warte ich sofort auf ihr Gezeter, dass ich stinke und sie sich so nicht auf die Arbeit konzentrieren könne. Aber nichts passiert. Stattdessen lächelt sie mich schief an. Und da ich genauso wenig nachtragend bin wie meine Mutter, lächele ich sofort zurück. Nun müssen wir beide richtig grinsen und plötzlich sitzen wir sogar nebeneinander, als wir besprechen, wer in unserer Gruppe welchen Part übernimmt.

Unser Thema ist der Neandertaler. Ein Klassiker, da das Neandertal, in dem die ersten Neandertalerknochen 1856 gefunden wurden, gerade mal zwanzig Kilometer entfernt liegt. Deshalb ist es ein beliebtes Ausflugsziel für Schulklassen aus unserer Region und ein Thema, das in der Schule immer wieder besprochen wird. Für mich ist es bereits das zweite Mal. Außerdem war ich als Einzige aus unserer Gruppe auch schon mal mit meiner Familie da und dementsprechend weiß ich schon einiges darüber. Beflügelt von der Tatsache, dass Athina gerade mal nicht auf mir herumhackt, blühe ich richtig auf und erzähle viel und bin plötzlich diejenige, die das ganze Projekt vorantreibt. Kein Problem, mache ich gerne, denn grundsätzlich macht mir Schule Spaß.

Die anderen lassen sich von meiner Begeisterung mitreißen – nur Athina nicht: Während alle Schüler begeistert an unserem Plakat malen oder sich die wichtigsten Informationen zusammensuchen, beginnt Athina, unter dem Tisch »Bravo« zu lesen. Wenn die anderen mit Zeitungsartikeln ankommen oder mit Berichten, die sie aus dem Internet haben, zuckt Athina gleichgültig mit den Schultern. Dabei soll sie eigentlich herausfinden, was heute im Neandertal geforscht wird. Die buddeln da nämlich immer noch rum. Aber das scheint Athina ziemlich egal zu sein.

»Jessica, ich schaff das nicht!«, erklärt sie mit gequältem Gesichtsausdruck in der Fünf-Minuten-Pause. Dann sieht sie mich treuherzig an und fragt: »Du warst doch schon da. Kannst du das nicht machen?«

Ist das eine Frage? Ich empfinde es eher als getarnten Befehl. Denn: Natürlich würde ich mich niemals trauen, ihr eine

Bitte abzuschlagen. Das ist schließlich meine Chance, dass sie nett zu mir ist, dass alle nett zu mir sind. Also sage ich: »Ja klar, kein Problem. Dann setze ich mich gleich mal ran.«

Und schon sitze ich da und schreibe auf, welchen Knochen irgendwelche Forscher in jüngster Zeit gefunden haben, während Athina zu Mehmet zum Quatschen geht. Als die Lehrerin fragt, ob Athina nichts zu tun habe, antwortet sie: »Schon fertig!«

In meinem Magen grummelt es. Athina ist dreist, faul und bösartig. Und sie hat Zeit zum Quatschen, während ich jetzt die doppelte Arbeit habe. Das ist ungerecht. Aber wehre ich mich dagegen? Nein.

Tatsächlich nimmt Athina mich nun wieder mit in die Pausen, schreibt mir über SchülerVZ nette Nachrichten und wartet im wahren Leben zusammen mit den anderen im Foyer auf mich. Gleichzeitig lassen mich auch die anderen Schüler wieder in Ruhe. Das nehme ich mal als Zeichen dafür, dass auch im Netz keine neuen Lügen über mich verbreitet werden.

Es ist ein Deal. Einer, der mir zwar Frieden beschert, mich aber noch kleiner macht. Ich fühle mich wertlos, weil ich mir die Anerkennung mühevoll erkaufen muss. Ich bin wirklich das Letzte!

Aber immerhin habe ich genug Grips im Kopf, um Athinas Projektarbeit zu übernehmen. Das bestätigt auch unsere Lehrerin, die uns für die Neandertalpräsentation eine Eins gibt. Wenigstens das klappt, wenn ich mich anstrenge!

Athina ist richtig begeistert: »Mensch, Jessica, das ist super!«, jubelt sie. Klar, wahrscheinlich hatte sie davor noch nie eine Eins bei irgendetwas.

Ich kann mir ein stolzes Lächeln nicht verkneifen ...

Trotzdem mache ich mir Sorgen, wie es jetzt weitergehen wird. Lassen sie mich jetzt wieder links liegen, wo die Arbeit erledigt ist? Schreiben sie demnächst wieder fiese Sachen über mich im Netz?

Aber Athina ist viel zu faul und viel zu gerissen, um die Gelegenheit nicht zu ergreifen, die sich ihr gerade bietet. Noch am selben Tag nach dem Matheunterricht stöhnt sie in der kleinen Pause: »Boah! Mathe kapier ich nicht!« Dann dreht sie sich zu mir: »Jessica, kannst du mir nicht bei den Hausaufgaben helfen?«

Ich zucke mit den Schultern: »Klar!«, sage ich. Solange Athina nicht fragt, ob ich Kunst für sie mache ... Aber Mathe ist kein Problem. Allerdings ahne ich da noch nicht, dass »Kannst du mir nicht helfen?« eigentlich bedeutet: »Kannst du das nicht für mich machen?«

Fortan erledige ich für Athina also regelmäßig die Mathehausaufgaben. Gelegentlich kommen auch die aus den anderen Fächern dazu. Und es vergeht keine Woche, da bügelt mir auch Jasmin ihre Schularbeiten über. Zwar fragt auch sie sehr nett, trotzdem habe ich nicht das Gefühl, eine Wahl zu haben. Ich lache sie also an und sage großzügig: »Klar, kann ich machen!«

Wobei das sogar der größte Unsinn überhaupt ist. Jasmins Halbjahreszeugnis war eine echte Katastrophe. Sie ist stark versetzungsgefährdet und eigentlich fand ich die Vorstellung ganz angenehm, dass sie es vielleicht nicht in die siebte Klasse schafft. Dann wäre ich wenigstens eine potenzielle Mobberin los! Stattdessen helfe ich ihr nun sogar dabei, besser zu werden. Ihre Projektarbeiten übernehme ich nämlich auch.

Und obwohl mir das natürlich einen Riesenstress bereitet, Hausaufgaben mal drei zu machen, hindert es meine alte

Clique nicht daran, mich regelmäßig zu beschimpfen, dumm und hässlich zu sein. Dann sinke ich richtig in mir zusammen. Dabei fällt mir nicht einmal der Widerspruch auf: Ich soll dumm sein? Aber für ihre Hausaufgaben bin ich schlau genug? Ich bin zu kaputt, um solche Dinge zu bemerken.

Ich kann mich selbst nicht mehr leiden. Denn selbst wenn sie nett zu mir sind, weiß ich in jeder Sekunde: Ich bin nicht wirklich Teil ihrer Clique, ich bin lediglich ein geduldetes Anhängsel, um die lästigen Arbeiten zu erledigen. Aber selbst dafür bin ich schon dankbar.

Ich bin erbärmlich.

Deshalb freue ich mich auch gar nicht richtig, als Athina mich kurz vor den Osterferien fragt, ob ich mit ihr Shoppen gehe.

»Ja, gerne!«, schwindele ich, denn eigentlich macht mir die Vorstellung, jetzt auch noch den Nachmittag in Daueranspannung zu verbringen, Angst. Ich brauche meine freien Nachmittage, um mich wieder einigermaßen zu sammeln. Außerdem traue ich ihr nicht. Womöglich will sie nur versuchen, mich in der Kabine halb nackt zu fotografieren oder so. Nach der Nazan-Geschichte traue ich ihr das sofort zu. Ich bin verunsichert!

Mit sehr zwiespältigen Gefühlen schließe ich zu Hause die Wohnungstür auf, lasse meinen Rucksack neben der Garderobe fallen und gehe zu Mama in die Küche.

»Darf ich mit Athina shoppen gehen?«, frage ich sie halbherzig. Denn ein Teil in mir hofft: Vielleicht sagt meine Mutter Nein, dann hätte ich eine gute Ausrede ...

Aber Mama lacht nur: »Klar! Was willst du dir denn kaufen?«

Zuerst denke ich: Also ist es entschieden – Shoppingnachmittag mit Athina ... Dann überlege ich, was ich mir kaufen könnte. »Einen Pullover! Einen dünnen! Für den Sommer«, schlage ich vor. Dann kann ich zumindest mein T-Shirt anlassen. Das erscheint mir sicherer.

Mama nickt: »Das ist eine gute Idee!«, sagt sie und gibt mir zwanzig Euro.

Athina und ich treffen uns in der Innenstadt. Meine Klassenkameradin holt mich vom Bus ab. Dann laufen wir von einem Geschäft ins nächste und es ist viel netter und viel lustiger, als ich es erwartet hätte. Wir gackern und albern herum, als wären wir die besten Freundinnen.

Unser persönliches Highlight ist der Besuch bei H&M. Da findet man immer etwas Schönes. Und so stöbern wir durch hippe Oberteile, Hosen und Rocke – alles in knalligen Farben mit lustigen Motiven oder Sprüchen drauf. Wir schnappen uns so viele Teile, wie wir tragen können, und schleppen sie in Richtung Umkleidekabine, wo wir enttäuscht feststellen, dass man nur fünf Teile mit in die Kabine nehmen darf und eine junge Verkäuferin aufpasst, dass wir diese Regel auch einhalten. Wir müssen unsere Beute also vorne ablegen und Athina probiert zuerst ein pinkes T-Shirt mit der Aufschrift »24h open« an.

»Super!«, hauche ich. Ich finde das Shirt überwältigend und hätte es selbst gerne, aber leider habe ich zu Hause ja einen Pullover angekündigt. Außerdem müsste ich mich bis auf die Unterwäsche ausziehen, um das Shirt zu probieren. Also ziehe ich artig Pullover an.

Athina verzieht beim ersten das Gesicht: »Ne, da siehst du zu fett aus!« Dabei habe ich inzwischen richtig abgenommen und bin kaum dicker als Athina. Trotzdem ziehe ich ihn sofort aus und probiere den nächsten: »Voll hässlich!«, nölt sie. Also der auch nicht.

Nachdem ich alle Kabinenpullover und die zuvor ausgemusterten anprobiert habe und in allen laut Athina scheiße aussehe, bringe ich sie enttäuscht zurück. Da darf ich mir mal etwas aussuchen und dann finde ich nichts, was mir steht!

Athina dagegen trägt stolz ihr cooles T-Shirt zur Kasse. Wortlos stehen wir nebeneinander in der Schlange. Unsere Stimmung ist inzwischen nicht mehr so ausgelassen. Ich frage mich, ob ich wirklich so schlimm aussehe. Wie gerne wäre ich hübscher! So wie Nadine oder Athina. Neidisch blicke ich zu meiner Klassenkameradin, die plötzlich hektisch an sich herumfummelt.

»Was ist denn?«, frage ich.

Athina sieht mich verzweifelt an: »Ich habe mein Geld verloren!« Dabei klopft sie weiter hektisch auf sämtliche Jeans- und Jackentaschen. »Du musst mir was leihen!«, fordert sie mich auf.

Ich sehe sie entsetzt an. Ich soll Athina Geld leihen? Das fühlt sich nicht gut an.

Athina zieht die Augenbrauen hoch: »Du wirst deiner besten Freundin doch wohl zwanzig Euro leihen!«

Deiner besten Freundin?

Als ich immer noch zögere, setzt sie nach: »Beste Freundinnen helfen sich. Die machen so etwas füreinander.«

Ich weiß, es ist dämlich, aber in dem Moment traue ich mich einfach nicht, Nein zu sagen. Mal ganz abgesehen davon, dass es mir natürlich schon schmeichelt, dass Athina mich nach diesem Nachmittag ihre »beste Freundin« nennt. Ich meine: Wir hatten ja wirklich viel Spaß zusammen und vielleicht meint sie es tatsächlich ernst. Deshalb hole ich die zwanzig Euro aus meinem Portemonnaie und reiche sie Athina, die damit zufrieden ihr supercooles T-Shirt bezahlt.

Schon auf der Rückfahrt im Bus überlege ich, was ich meiner Mutter erzählen könnte, damit sie nicht sauer auf mich ist. Wenn ich ihr erzähle, dass ich Athina Geld geliehen habe, ist sie sicher nicht begeistert. Vor allem wird sie dann irgendwann nachfragen, wann sie das Geld zurückbekommt. Und wenn es nicht kommt – wovon ich ziemlich sicher ausgehe –, was passiert dann? Ruft meine Mutter dann Athinas Mutter an? Keine gute Idee! Aber anlügen will ich sie auch nicht.

Bedrückt schließe ich die Wohnungstür auf. Leise schleiche ich durch den Flur. Leider sitzt meine Mutter im Wohnzimmer auf dem Sofa und entdeckt mich sofort.

»Oh, hallo!«, ruft sie überrascht. Dann steht sie auf und kommt auf mich zu: »Na, was hast du dir Schönes gekauft?«, will sie wissen und strahlt mich an.

Automatisch senke ich meinen Blick. Ich kann meiner Mutter nicht in die Augen schauen. »Ich habe den Schein verloren«, lüge ich. Und weiter: »Das habe ich erst an der Kasse gemerkt.« Und plötzlich muss ich weinen. Weil ich meine Mutter so dreist anlüge und weil ich mich so blöd fühle, weil ich mich ständig herumschubsen lasse.

Mama nimmt mich in den Arm und tröstet mich. Sie küsst meinen Kopf und sagt immer wieder: »Ist doch nicht schlimm. Das kann doch mal passieren!«

Aber das macht mich nur noch trauriger, noch verzweifelter. Mama ist so lieb zu mir. Und ich? Bin verlogen und gemein. Sie hat keine Ahnung, wen sie da im Arm hält. Es ist nicht mehr die alte Jessica. Ganz bestimmt nicht. Ich bin irgendein wertloses Etwas. Ein Nichts. Lästiger Dreck.

Ich mag mich selbst nicht mehr.

Abends im Bett ist es am schlimmsten. Wenn ich vor dem Einschlafen darüber nachdenke, was ich mache und mit mir machen lasse. Dann denke ich, ich sei der ätzendste Mensch auf diesem Planeten. Ekelhaft.

Ich mag mich kaum mehr anschauen. Jeder Tag ist ein Kampf. Gegen die anderen. Und gegen mich selbst.

Schon alleine die tägliche Kleiderauswahl bereitet mir riesigen Stress. Ich fühle mich mit Kleinigkeiten überfordert: Soll ich den Pferdeschwanz lieber hoch oder nach unten binden? Einen Doppelknoten in den Schürsenkeln oder lieber einen einfachen? Jedes Detail kann für Häme und Spott sorgen. Mein Leben ist ein Pulverfass. Ständig habe ich panische Angst, etwas Falsches zu sagen oder zu machen. Wobei etwas, was am Tag zuvor noch in Ordnung war, am nächsten Tag schon für Ärger sorgen könnte. Nett sind sie nur, wenn sie mir einen neuen Schulauftrag überbügeln. Sie benutzen mich, saugen mich aus. Ich bin ein Selbstbedienungsladen, der ständig geöffnet hat. Und zwischendurch zertrümmern sie meine Einrichtung.

Als es wieder einmal so weit ist, dass ich Athina mit irgendeiner Bemerkung verärgert habe und deshalb mit Missachtung und Beschimpfungen bestraft werde, passiert es zum ersten Mal: An einem Morgen weigert sich mein Körper aufzustehen. Der Wecker klingelt. Denise drängelt. Aber ich bleibe einfach liegen. Meine Beine wollen sich nicht aus dem Bett schwingen. Der Oberkörper will sich nicht aufraffen. Und der Kopf klebt wie festgetackert am Kopfkissen. Mama erkläre ich am Telefon, dass ich Kopfschmerzen hätte. Ein anderes Mal sind es Bauchschmerzen. Oder mir ist schlecht. Ich beginne zu schwänzen. Es sind kleine Fluchten. Die einzigen kleinen Fluchten, die ich mir erlaube. Aber ich brauche sie, um durchzuhalten.

Zumindest bis zu den Sommerferien … Sechseinhalb

Wochen! Ich kann mein Glück kaum fassen! Mit meiner Familie und Anna werde ich nach Dänemark verreisen. Weit weg von allem die Sonne genießen, Lakritze kauen und nicht daran denken, dass ich irgendwann wieder zurück in diese Schule muss.

Kapitel 5: 7. Klasse, erstes Halbjahr

»Wenn meine Mutter das liest, werde ich bestimmt schon weg sein. Vielleicht auch tot. Ich komme nie wieder zurück. Ich haue ab.«

Tagebucheintrag von Jessica, 7. Klasse

»Jessica ist sehr still geworden. Aber wenn ich sie gefragt habe, dann war nichts. Montags wollte sie grundsätzlich nicht zur Schule und hatte Ausreden wie Kopfweh oder Bauchweh. Nachmittags ist sie seltener rausgegangen. Sie war in der Zeit sehr in sich gekehrt.«

Birgit Gehres, Jessicas Mama

Fest steht: Sie hassen mich. Sie nutzen mich aus. Sie sind fies zu mir. Sie tun mir nicht gut. Und sie werden niemals echte Freunde sein.

Das habe ich inzwischen verstanden.

Deshalb nehme ich mir für das neue Schuljahr vor: Ich werde ihnen aus dem Weg gehen. Ich werde nicht mehr versuchen, in ihre Clique zu kommen. Ich werde nett und freundlich, aber zurückhaltend sein. Ich werde mich in der Schule anstrengen. Ich werde vielleicht in einer anderen Klasse jemanden finden, mit dem ich mich anfreunden kann.

Das habe ich mir zumindest vorgenommen.

Die sechseinhalb Wochen Abstand haben mir gutgetan. Ich habe das Gefühl, wieder auf die Füße gekommen zu sein, jetzt muss ich nur aufpassen, dass sie mich nicht gleich wieder umhauen. Aber das tun sie. Gleich am zweiten Tag. Und zwar wortwörtlich.

Wir haben Sport. Bevor wir mit unserer neuen Basketballeinheit beginnen, sollen wir uns warmlaufen – immer im Kreis in der großen Halle. Ich laufe alleine. Natürlich. Aber dank meiner neuen Einstellung fühle ich mich dabei nicht einsam, sondern gut.

Denn es ist besser, alleine zu laufen, als in einer Gruppe, die einen ständig fertigmacht!

Athina, Jasmin und Nadine laufen natürlich gar nicht. Sie schlendern eher und quatschen dabei miteinander. Wenn unser Lehrer ihnen zuruft, dass dies kein Kaffeekränzchen sei, entgegnen sie, dass sie Seitenstechen hätten. Lächerlich! Wovon denn? Vom Durch-die-Halle-Spazieren?

Paul und Mehmet dagegen machen aus unserer Aufwärmübung ein Wettrennen. Sie rasen durch die Halle, überholen alle, drängeln sich ab und haben ganz offensichtlich viel Spaß. Mehmet saust gerade lachend an mir vorbei, Paul folgt ihm, sieht zu mir herüber und schubst spontan Ben in meine Richtung, der gerade auf gleicher Höhe neben mir joggt. Ben prallt gegen mich, ich fliege gegen die Wand, spüre einen heftigen Schmerz im Fuß und knalle hin. Sofort greife ich wimmernd nach meinem Knöchel. Er tut tierisch weh. Einige Schüler bleiben betreten stehen und sehen sich nach unserem Lehrer um. Natürlich traut sich erst einmal keiner, zu mir zu kommen und mich anzusprechen. Das ist ja immer ein bisschen heikel. Nur

Ben beugt sich zu mir runter und sieht mich mitleidig an. »Kannst du aufstehen?«, fragt er.

Aber ich sitze nur da und schüttele weinend den Kopf.

Schließlich schlurft unser Sportlehrer genervt auf mich zu: »Geht's?«, fragt er.

Blöde Frage! Würde ich dann hier sitzen? Ich schüttele den Kopf und wimmere leise, weil es so wehtut.

Er schnauft laut. Dann hält er mir seinen Arm hin. »So, und ihr lauft weiter!«, befiehlt er meinen Mitschülern, während er mich eilig zur Mädchenkabine schleppt: »Und du ziehst dich um. Das macht ja heute keinen Sinn mit dir.«

Damit lässt er mich stehen. Und ich heule, weil ich solche Schmerzen habe, dass ich mich kaum auf den Beinen halten kann. Mit den Händen stütze ich mich an den Wänden ab und schleppe mich so zu meinem Platz. Vorsichtig setze ich mich auf die Holzbank. Als ich meine Socke herunterschiebe, sehe ich, dass mein Knöchel dick geschwollen ist und sich blau verfärbt. Das ist doch nicht normal! Ich schluchze laut auf und habe wirklich große Schwierigkeiten, mich alleine anzuziehen. Deshalb humpele ich schließlich in meinen Sportklamotten nach draußen und rufe zuallererst mal bei meiner Mutter an.

Die kommt sofort von der Arbeit zur Schule gesaust. »Ach, du liebe Güte!«, ruft sie, als sie meinen stark geschwollenen Fuß begutachtet. »Das sieht aber nicht gut aus!«

Ich schluchze noch lauter.

Dann will sie wissen: »Wie ist denn das passiert?«

Ich wimmere: »Ich bin beim Warmlaufen umgeknickt. Es tut so weh!«

Und Mama beeilt sich, mit mir zum Arzt zu kommen. Der wirft nur einen kurzen Blick auf die Verletzung, tastet ein wenig auf dem Fuß herum, dann sieht er mich zerknirscht an: »Du hast einen Bänderriss!«

Als er hört, dass mein Lehrer mich damit vor die Tür gesetzt hat, sieht er uns kopfschüttelnd an: »Ein Bänderriss muss schnellstmöglich und gut behandelt werden, damit keine bleibenden Schäden entstehen. Außerdem ist das wirklich schmerzhaft. Vor allem muss man unbedingt vermeiden, dass der Betroffene noch ein weiteres Mal umknickt«, erklärt er.

Meine Mutter nickt mit zusammengekniffenen Lippen. Ich sehe ihr an, wie wütend sie ist.

Am nächsten Tag darf ich zu Hause bleiben, weil ich den Fuß kühlen und hochlagern soll. Mama hat sich freigenommen und baut mir aus Kissen eine Rampe für mein Bein. Dann stellt sie Wasser, Saft und Kekse neben mich und zieht sich an: »Ich laufe mal schnell rüber zur Schule«, ruft sie mir quasi schon im Gehen zu.

Ich muss mir ein Grinsen verkneifen. Ich kann mir schon vorstellen, was sie da will: unseren Sportlehrer zur Rede stellen! Während ich es mir im Wohnzimmer vor dem Fernseher gemütlich mache, hält sie dem verantwortungslosen Herrn Nowak eine Standpauke. Geschieht ihm recht!

Als mein Sportlehrer erfährt, dass ich einen Bänderriss habe, ist er wohl ziemlich betroffen: »Er hat sich mehrfach entschuldigt und gesagt, wie leid es ihm täte. Er hat wohl gedacht, du würdest übertreiben«, erzählt Mama, als sie nach ihrer Rückkehr ihre Schuhe im Flur auszieht.

Ich schüttele den Kopf: »Der spinnt wohl! Dann hätte er sich meinen Fuß nur mal anschauen müssen«, meckere ich vom Sofa aus.

Mama winkt ab: »Geschenkt!«, sagt sie. Und dann trägt sie ein fettes Stück Erdbeertorte ins Wohnzimmer.

»Mmmmhhh!«, freue ich mich, lächele Mama an und seufze zufrieden. So schmerzhaft das mit dem Fuß ist, so schön ist es auch. Ich darf den ganzen Tag fernsehen, werde verwöhnt und das Beste: Ich muss nicht zur Schule gehen! Über eine Woche lang darf ich zu Hause bleiben! Geschenkte Zeit – sozusagen Extraferien. Was für ein Glück!, denke ich und schaue auf meinen verbundenen Fuß. Es gibt bestimmt nicht viele Leute, die sich über einen Bänderriss so richtig doll freuen können.

Aber leider verheilt auch der schönste Bänderriss irgendwann und ich muss wieder zurück in die Schule. Mit einem eindrucksvoll bandagierten Fuß wackele ich vorsichtig durch den Eingang ins Foyer. Ein kleines bisschen hatte ich erwartet, dass Paul ein schlechtes Gewissen bekäme, wenn er mich mit der Bandage sieht. Immerhin hat er mich richtig verletzt. Aber Pustekuchen!

Sobald Paul mich entdeckt, macht er sich darüber lustig, wie ich laufe. Übertrieben humpelnd hüpft er an mir vorbei in Richtung Clique, die sich wahnsinnig amüsiert. Dann hält Nadine plötzlich inne und bricht laut wimmernd zusammen und hält sich dabei den Fuß. Wieder lachen alle. Das Schlimmste an der ganzen Sache ist für sie wahrscheinlich, dass sie kein Video von meinem Unfall haben.

Ihre Herzlosigkeit stößt mich ab. Was, bitte schön, ist daran lustig? Vielleicht sollten sie sich mal einen Bänderriss zuziehen, dann wüssten sie, wie schmerzhaft das ist!

Nur Ben kommt – als Einziger! – auf dem Gang auf mich zu und sagt: »Auweia! Da hast du dich ja ganz schön verletzt.«

Ich nicke: »Bänderriss.«

Ben verzieht das Gesicht: »Kenne ich vom Basketball! Das tut höllisch weh.« Dann lächelt er mich aufmunternd an und klopft mir auf die Schulter, wobei ich nur seine niedlichen Grübchen bewundere, die sich beim Lächeln bilden. Mit einem Kopfnicken, bei dem er seinen Kopf leicht schieflegt, lässt er mich stehen.

Ich sehe ihm hinterher. Wie nett, dass Ben nachgefragt hat! Da er seine Pausen vor allem mit den Jungs aus dem Basketball-Verein verbringt, kriegt er gar nicht so richtig mit, was in der Klasse los ist. Deshalb traut er sich wahrscheinlich auch, mit mir zu sprechen. Schön!

»Na, biste in Ben verknallt?«, ätzt Nadine, die plötzlich neben mir steht.

Ich zucke zusammen und schüttele ertappt den Kopf. Dabei spüre ich, dass meine Wangen ganz heiß werden. Mist! Jetzt werde ich auch noch rot! Schnell wende ich mich ab. Und Nadine zieht ohne einen weiteren Kommentar mit dem Rest der Clique weiter in Richtung Klassenraum.

Immerhin haben sie mich nicht geschubst!, denke ich. Darüber kann ich mich ja schon freuen. Denn wenn ich jetzt noch einmal umknicken würde, könnte das wirklich gefährlich für meinen Fuß werden. Das hat der Arzt gesagt.

Dementsprechend angespannt und ängstlich bin ich in der Schule. Ich fühle mich zerbrechlich und schwach und meine frisch aufgebaute Nach-Ferien-Sicherheit fällt ziemlich schnell in sich zusammen.

Kurz darauf sitze ich eingeschüchtert im Unterricht. Als sich Herr Dierbach umdreht und an die Tafel geht, springt Hakan auf und donnert mir mit Wucht eine Sigg-Flasche auf den Kopf.

»Au!«, kreische ich auf.

Die anderen Schüler lachen und Herr Dierbach sieht sich verwundert um. Er lässt seinen Blick durch den Raum schweifen und ich überlege kurz, mich zu melden, um zu sagen, dass Hakan mir gerade eine Metallflasche auf den Kopf gehauen hat.

Aber dann lasse ich es.

Wozu? Bislang hat sich noch nie ein Lehrer um mein Problem gekümmert.

Sobald Herr Dierbach der Klasse wieder den Rücken zudreht, springt Hakan ein weiteres Mal auf, um mich mit der Flasche zu schlagen. Wieder Gelächter. Und wieder bekommt Herr Dierbach nichts mit. Nur die Schüler haben ihren Spaß. Sie haben offenbar darüber hinaus gerade ein neues Spiel erfunden: Jessica bewerfen! Die große Herausforderung dieses Spiels ist, sich nicht erwischen zu lassen. Sobald Herr Dierbach den Blick nur kurz abwendet, bewerfen sie mich erst mit Papierkügelchen, später mit irgendwelchem Müll. Fast alle machen mit. Außer meinen alten Grundschulfreundinnen und Ben sind sämtliche Klassenkameraden mit Feuereifer dabei. Als wäre es irgendein lustiger Sport, ein verrücktes Computerspiel – dabei ist die Zielscheibe ein Mensch mit Gefühlen.

Ich.

Als wir in der nächsten Stunde erfahren, dass wir einen Klassenausflug in den Wuppertaler Zoo machen werden, gerate ich beinahe in Panik. Wenn ich nicht einmal im Klassenraum während des Unterrichts sicher bin, wie ist es dann erst bei einem Wandertag? Eine Zeit lang hoffe ich, dass mein Bänderriss zu langsam abheilt, dass ich deshalb vielleicht nicht mitkommen könnte, aber diesen Gefallen tut mir mein Fuß nicht.

»Ist prima verheilt!«, freut sich der Arzt.

Und ich ärgere mich: Was für ein Pech! Jetzt könnte ich allerhöchstens noch schwänzen, aber das habe ich schon so oft getan. Auf dem letzten Zeugnis standen so viele Fehltage wie noch nie zuvor in meinem Schulleben. »Du warst ganz schön oft krank!«, ist sogar Mama aufgefallen. Dabei hat sie mich so eindringlich angesehen, dass ich schon Angst hatte, sie hätte etwas gemerkt. Deshalb habe ich mir eigentlich vorgenommen, in der siebten Klasse seltener zu fehlen. Und nun hatte ich ja schon durch den Bänderriss Fehlzeiten ...

Ich grübele hin und her. Und zum ersten Mal kommt mir die Idee, einfach davonzulaufen. Weit weg von alledem. Ich stelle mir vor, Athina und die anderen nie wiedersehen zu müssen.

Diese Vorstellung fühlt sich richtig gut an.

Dann müsste ich nie mehr diese Klasse betreten. Und alle würden sich wundern und sich Vorwürfe machen, weil mir keiner geholfen hat, obwohl doch alle wussten, was los ist. Dann würden vielleicht sogar endlich einmal die Lehrer reagieren und Athina und den anderen die Schuld daran geben, dass ich weggelaufen bin. In meiner Fantasie müsste die ganze Clique zum Schuldirektor – zusammen mit ihren Eltern – und sie würden bereuen, was sie getan haben. Dazu müsste ich natürlich eine Art Abschiedsbrief hinterlassen, in dem ich alles erzähle.

Aber so befreiend sich die Vorstellung auch anfühlt, so unrealistisch ist sie auch. Wo soll ich denn hin? Ich muss ja irgendwo wohnen, zumindest irgendwo schlafen, irgendetwas essen. Die Vorstellung, mich am Bahnhof herumzudrücken, ist ziemlich ungemütlich. Außerdem würden mich meine Eltern da schnell wieder aufgreifen. Ich müsste also weiter weg. Viel weiter weg. So weit, dass mich garantiert keiner mehr finden kann.

Meine Gedanken stocken.

Tot.

Das wäre eine Lösung. Dann würde die Clique auf jeden Fall Ärger kriegen. Und mich könnte niemand zurückholen. Ich wäre weg. Und ich hätte endlich meine Ruhe. NIE WIEDER würde mich jemand fertigmachen. Es wäre vorbei.

Ein friedliches Gefühl überschwemmt meinen Körper. Ich kann quasi fühlen, wie es alle Anspannung vertreibt. Es gibt eine Lösung! Schon alleine diese Erkenntnis macht mir Mut. ICH MUSS DAS ALLES NICHT MITMACHEN!!!

Seit dieser Feststellung fühle ich mich wieder ein bisschen sicherer. Nicht mehr so hilflos. Dadurch gelingt es mir merkwürdigerweise sogar, ihre Beleidigungen gelassener hinzunehmen. Sollen sie doch! Sie werden schon sehen, was sie davon haben! Es ist beinahe ein Gefühl von Macht, das ich plötzlich über sie gewinne. ICH habe es in der Hand, ob die Ärger bekommen. Und den bekommen sie, wenn sie mich zu Tode mobben. Keine Frage!

So verrückt es klingt: Durch diese Selbstmordoption fühle ich mich plötzlich weniger als Opfer. Allmählich gewinne ich sogar wieder meine Nach-Ferien-Gelassenheit zurück. Und das hat einen erstaunlichen Nebeneffekt: Die Mobbereien lassen nach! Plötzlich werde ich von der Clique wieder einigermaßen in Ruhe gelassen. Und als die anderen Schüler das mitkriegen, attackiert mich auch sonst keiner mehr.

Dementsprechend leichter fällt mir das Aufstehen wieder. Wobei neuerdings noch etwas anderes dazukommt, was mir ein wenig beim in die Schule Gehen hilft: Ich freue mich auf Ben. Ohne dass ich mir irgendwelche Hoffnungen machen würde ... Da leider die meisten Mädchen aus unserer Klasse für ihn schwärmen, habe ich ohnehin keine Chance bei ihm. Mal ganz abgesehen davon, dass er sowieso nur Basketball im Kopf hat.

Da Basketbälle aber natürlich bei einem Zooausflug nicht erlaubt sind, beschäftigt sich Ben ausnahmsweise mal mit seinen Klassenkameraden. Und so kommt es, dass er in der Essenspause ausgerechnet mit der Clique zusammensteht. Ich beobachte aus einiger Entfernung, wie Jasmin und Nadine um Ben herumscharwenzeln, während ich missmutig an meinem Brot kaue.

Als Athina mich plötzlich zu sich herüberruft, damit ich mit der Gruppe Wahrheit oder Pflicht spiele, schiebe ich mir schnell das letzte Stückchen Brot in den Mund.

Die Stimmung ist albern und ausgelassen. Ich spüre überhaupt keine Anspannung, keiner sagt, dass ich stinke oder fett bin. Es ist richtig nett. Bis auf die Tatsache, dass Athina plötzlich bestimmt, dass ich Pflicht nehmen muss. Aber so ist Athina eben. Und dann schießt Jasmin dieses Foto, auf dem ich Ben einen Kuss gebe.

Nach dem Bänderriss hätte ich nicht geglaubt, dass es noch schlimmer werden könnte ... Aber zunächst ahne ich nicht einmal, was hinter meinem Rücken vor sich geht.

Ermutigt durch den schönen Wandertag und Athinas netten Anruf am Abend, betrete ich am nächsten Tag ungewöhnlich gut gelaunt das Schulgebäude. Wie jeden Morgen fällt mein Blick zuallererst in die Cliquen-Ecke. Und das ist komisch: Sie sehen sich so merkwürdig an. Dann tuschelt Nadine etwas und die anderen lachen. Instinktiv drehe ich ab und laufe in Richtung Siebtklässlerflügel. Was ist denn jetzt schon wieder los?

In dem langen Gang stehen schon unzählige Schüler vor den Türen und bei einigen habe ich das Gefühl, dass sie mich neugierig anschauen, aber vielleicht bilde ich mir das auch nur ein. Als Ben neben mir auftaucht, grüße ich schüchtern. Er nickt mir zu – ohne eine Miene zu verziehen.

Wo sind die netten Lachgrübchen? Wo seine Freundlichkeit? Was hat er denn?

Als sich die Clique unserem Klassenraum nähert, brüllt Paul quer über den Flur: »Na, Ben, hast du dir auch gut den Mund gewaschen?« Und dann macht Paul Würgegeräusche.

Alle lachen. Auch die, die gestern gar nicht dabei waren. Das fällt mir zwar auf, aber ich kann nicht darüber nachdenken. Zu sehr verletzt mich, was Paul da schon wieder von sich gibt.

Nadine setzt gleich hinterher: »Jessica hat Mundgeruch. Die will doch keiner küssen!« Und zu mir gewandt sagt sie: »Der will dich doch sowieso nicht haben! Guck dich mal an, wie du aussiehst.«

Wieder grölen alle.

Ich stehe nur da, sage nichts und lasse alles über mich ergehen. Gleichzeitig ärgere mich darüber, dass ich mal wieder so naiv war zu glauben, dass sie sich ändern könnten ...

Erst auf dem Nachhauseweg fällt mir auf, wie merkwürdig sich die Schüler heute benommen haben. Alle schienen das mit dem Kuss zu wissen. Ganz viele haben mich schief angeguckt. Und Ben war irgendwie sauer. Wegen des Kusses? Das war doch nur ein Spiel! Obwohl ich nicht genau weiß, was los ist, habe ich ein ungutes Gefühl. Ich spüre, dass irgendetwas im Gange ist. Irgendetwas, von dem nur ich nichts weiß. Das ist unheimlich. Beängstigend. Verwirrend.

Aber ich muss nicht lange auf die Aufklärung warten. An diesem Nachmittag kommt die Nachricht von Kerry.

Ab sofort weiß ich, dass mein Bild im Netz ist, genau wie ihre Lügen. Jeder kann sie lesen und ich kann nichts dagegen tun.

Damit ist ihr Mobbing sozusagen von der Regional- in die Bundesliga aufgestiegen. Nun ist es nicht mehr nur meine Klasse – jetzt ist es die ganze Schule. Und das nicht nur offen von Angesicht zu Angesicht, sondern verdeckt und geschützt im Netz.

Das ist Cyber-Mobbing – und plötzlich hat ihr Hass kein Gesicht mehr. Und alles fühlt sich noch erdrückender an. Größer. Gewaltiger.

Als ich am nächsten Morgen lange vor dem Wecker aufwache, ist die SchülerVZ-Gruppe das Erste, was mir in den Kopf schießt: »Wir hassen Jessica!« Sofort beginnt mein Herz zu rasen. Während ich geschlafen habe, ist dieses Monster noch größer geworden. Es wächst in jeder Sekunde, rund um die Uhr, und nichts kann es eindämmen. Wusste ich bis jetzt genau, wer in das Mobbing involviert war, weiß ich es ab sofort nicht mehr.

Kennt nur unser Jahrgang das Bild? Kennt es die ganze Schule? Glaubt inzwischen ganz Wuppertal, dass ich eine Schlampe bin, die mit allen ins Bett geht?

Dabei verletzt es mich zutiefst, dass sie das schreiben. Ausgerechnet ich! Ob das überhaupt irgendjemand glaubt? Oder glauben es alle?

Ich frage mich, ob man das Bild nicht löschen lassen könnte. Gibt es nicht so etwas wie Persönlichkeitsrechte?

Vielleicht könnte ich die Betreiber der SchülerVZ-Seite anschreiben?

Aber dann verwerfe ich die Idee. Wozu? Damit die Clique es einen Tag später wieder neu einstellt? Außerdem: Wer weiß, wer das Bild inzwischen schon weitergeleitet hat, wo es inzwischen überall ist? Das Internet ist grenzenlos.

Ich kann nichts machen.

Es ist ein Albtraum.

Es gelingt mir nicht, mich aus dem Bett zu quälen, ich melde mich krank. Ich schaffe es nicht, in die Schule zu gehen. Der Gedanke, nicht zu wissen, wer inzwischen das Foto und die dazugehörigen Lügen kennt, überfordert mich dermaßen, dass ich meine Mutter auf der Arbeit anrufe. Ich erzähle ihr, dass ich Fieber hätte.

»Mensch, Jessy, schon wieder? Soll ich nach Hause kommen?«, fragt sie besorgt.

»Nein, nicht nötig«, wimmele ich sie ab. »Ich gehe jetzt eh wieder schlafen.« Eine Lüge.

Sobald wir aufgelegt haben, setze ich mich vor den Fernseher. Er läuft, aber ich gucke nicht hin. In einer Endlosschleife denke ich: Jetzt haben sie eine Internetgruppe gegen mich gegründet. Jetzt habe ich überhaupt keine Kontrolle mehr. Bald wissen es alle. Sie haben eine Internetgruppe gegen mich gegründet – und die wird ständig größer ...

Als ich mich am nächsten Tag wieder zur Schule schleppe und das Foyer betrete, sucht mein Blick nicht mehr automatisch die Ecke, in der die Clique immer steht. Mein Blick scannt Gesichter. Wer weiß es? Wer hat das Bild schon gesehen? Wer hat die Lügen schon gelesen? Ich habe das Gefühl, alle würden mich anstarren, über mich lachen.

Während ich noch versuche, in den Mienen meiner Mitschüler zu lesen, löst sich ein Junge aus der Achten aus seiner Gruppe und kommt auf mich zu: »Ey, du treibst es doch so gerne mit Älteren. Ich bin auch älter!«

Seine Freunde johlen und ich starre ihn entsetzt an.

»Na, was ist?«, fragt er noch einmal. Schließlich haut er achselzuckend ab.

Ich zittere. Beleidigungen kenne ich, aber das hier ist anders. Es verstört mich. Es macht mir Angst. Plötzlich bin ich ein Selbstbedienungsladen für eine Ware, die ich nicht mal im Sortiment habe: Sex.

Schon alleine, dass sie mir das zutrauen, macht etwas in mir kaputt. Sie zermalmen das Kindliche, zertrampeln meine Unschuld, zerfetzen den Teil, der manchmal noch gerne Barbie spielt. Stattdessen werde ich in eine Rolle katapultiert, von der ich weiter nicht entfernt sein könnte.

Ich gehe kaputt! Das wird jetzt zu groß.

Als ich mich langsam wieder in Bewegung setze, ruft mir ein anderer Schüler »Jessica ist eine Schlampe!« hinterher. Ich kenne seinen Namen nicht, weiß noch nicht einmal, in welche Klasse er geht. Seine Freunde lachen. Und Schüler, die mich bislang nie beachtet haben, tuscheln nun über mich oder mustern mich neugierig.

Bis jetzt waren es nur die Clique und ein paar Mitläufer aus unserer Klasse, plötzlich sind es alle. ALLE! Das ist doch Wahnsinn! Wohin ich auch schaue, jeder, den ich sehe, jeder kennt mich. Jeder hält mich für eine Schlampe. Ich hab das Gefühl, einen Albtraum zu erleben. Das kann doch nicht sein!

Eine Gruppe Jungen steht laut grölend in der Ecke. Als sie mich sehen, macht einer mit seiner Hand schnelle Auf-

und-ab-Bewegungen und brüllt dabei: »Da ist die Schlampe. Hier, meinen kannst du auch gleich mal ...«

Mir ist speiübel. Abrupt drehe ich mich um und renne, so schnell ich kann, in den Waschraum. Dort schließe ich mich erst einmal im Klo ein und heule. Heule, heule, heule.

Als ich mich endlich wieder einigermaßen beruhigt habe, entdecke ich einen neuen Text auf der Klotür: »Jessica G. ist eine Schlampe!« Wumms! Schon wieder ein Schlag. Mitten ins Gesicht. Ich habe das Gefühl, mich übergeben zu müssen.

Mittlerweile hat es längst zur Stunde geklingelt. Draußen auf den Gängen wird es allmählich ruhig. Schlapp kauere ich auf dem Klodeckel, mein Blick ist auf die Wörter an der Tür gerichtet. Schwarzer Edding. Kenne ich die Schrift? Ich bilde mir ein, dass Nadine das »J« so schwingen würde, aber sicher bin ich mir nicht. Da fallen mir plötzlich die anderen Toiletten ein. Ob die auch so aussehen?

Ich springe auf, suche eine Kabine nach der anderen ab – und entdecke den Spruch in jeder einzelnen Kabine. Die haben sich wirklich Mühe gegeben! Am liebsten würde ich mit dem Kopf gegen die Türen rennen. Richtig mit Schwung. Körperlicher Schmerz erscheint mir als Erlösung. Das ist besser als der Schmerz, der sich in meinem Inneren ausbreitet. Kriechend. Er verursacht einen riesigen Druck. Wie soll mein Körper das aushalten? Ich habe das Gefühl zu explodieren.

Inzwischen ist es halb neun.

Weil ich mich nicht traue, mitten im Unterricht in die Klasse zu platzen, bleibe ich bis zur Pause im Klo und verlasse den Waschraum erst kurz bevor die nächste Stunde beginnt. Nun sind zwar nur noch wenige Schüler unterwegs, aber ich habe bei jedem das Gefühl, dass er mich anstarrt. Ich schäme mich! Schon alleine der Gedanke, dass jemand so etwas von mir glauben könnte, macht mich wahnsinnig.

Mit gesenktem Kopf husche ich durch die Gänge zu meiner Klasse. Ich traue mich kaum aufzusehen. Ich will niemandem ins Gesicht gucken. Auch nicht meinen Klassenkameraden. Ben schon gar nicht. Aber auch nicht meinen alten Grundschulfreundinnen. Ich schäme mich wie noch nie zuvor in meinem Leben. Und ich stelle fest: Auch Scham kann wehtun. Scham hat ein unglaubliches Gewicht, das sich auf meinen Körper legt und jede Bewegung zu einem Kraftakt macht.

Am Nachmittag logge ich mich zu Hause zuallererst wieder ins SchülerVZ ein und rufe noch einmal den Gruppennamen auf: »Wir hassen Jessica«. Zu gerne wüsste ich, was da gerade passiert. Es ist wie eine verschlossene Tür, durch die ich nicht komme, obwohl ich weiß, dass dahinter etwas im Gange ist. Wenn ich nur wüsste, was! Wenn ich doch bloß wüsste, was es ist!

Am nächsten Tag erfahre ich es. Sogar noch vor dem ersten Stundenklingeln. Schon am Schultor fällt mir ein Sechstklässler mit Flugblättern in der Hand auf. Als ich näher komme, wieselt er eilig davon. Zu einem anderen Jungen, der ebenfalls einen Stapel Blätter in der Hand hält. Sie spähen neugierig zu mir herüber und winken dann aufgeregt einem Jungen, der auch gerade Zettel verteilt hat. Schon an ihrem Verhalten bemerke ich, dass diese Blätter irgendetwas mit mir zu tun haben müssen.

Ein paar Meter entfernt entdecke ich ein solches Blatt am Boden. Es ist schmutzig von den vielen Schuhen, die bereits darübergetrampelt sind. Trotzdem erkenne ich schon aus ein paar Metern Entfernung das Bild vom Wandertag.

Mein Herz zieht sich krampfhaft zusammen. Ich bekomme keine Luft.

Diese Jungs, die ich überhaupt nicht kenne, mit denen ich noch nie etwas zu tun hatte, haben mein Kussfoto ausgedruckt und meine Telefonnummer draufgeschrieben. Dazu wieder so ein Spruch: »Ich treib's mit jedem. Ruf mich an!«

Fassungslos hebe ich den Zettel auf und knülle ihn zusammen. Auf dem Weg zum Mülleimer sehe ich unzählige dieser Blätter. Der Wind treibt sie über den Schulhof. Einige Schüler halten sie in ihren Händen. Sie sind überall. Ich habe keine Chance, sie alle einzusammeln und wegzuschmeißen.

Nun weiß ich auch, was gestern hinter dieser verschlossenen Tür, in dieser »Wir hassen Jessica«-Welt stattgefunden hat: Sie haben eine Flugblattaktion geplant.

Wozu? Warum geben sie sich solche Mühe? Ganz ehrlich: Ich bin eh schon am Boden. Warum müssen sie weiter auf mir herumtrampeln? Und warum tun das sogar Schüler, mit denen ich noch nie etwas zu tun hatte?

Plötzlich sind mir Miniröcke egal. Ben ist mir egal. Alles ist mir egal. Das Einzige, was ich will, ist, mich in Sicherheit bringen. Deshalb verbringe ich sämtliche Pausen fortan auf dem Klo. Wenn ich mich überhaupt in die Schule traue ...

Als ich nach mehreren Tagen Schuleschwänzen doch mal wieder hingehe, eröffnet uns unser Klassenlehrer freudestrahlend, dass wir eine Klassenfahrt machen. Im Februar soll's losgehen! Eine Woche Schullandheim. Eine ganze Woche! Da kann ich mir vorstellen, was da los ist! Ich werde keine friedliche Minute haben! Das wird schrecklich!

Meine Peiniger dagegen freuen sich. Wahrscheinlich

glüht schon am Nachmittag der »Wir hassen Jessica«-Internetkosmos, weil sie beratschlagen, was sie im Schullandheim mit mir anstellen.

Da kann ich auf gar keinen Fall mitfahren! Das wird eine Rund-um-die-Uhr-Dauer-Quälerei!

Schon jetzt blüht meine Neurodermitis wieder so richtig auf. Da ich mich jeden Tag mehrmals wasche, damit ich bloß nicht unangenehm rieche, wird die Haut zusätzlich gereizt. Ich bekomme überall Wunden und sehe aus wie ein Monster! Wie das Monster, zu dem sie mich ständig machen. Ich bin hässlich. Und fühle mich fett. Dabei esse ich inzwischen fast gar nichts mehr. Es ist unglaublich, wie schnell ich abnehme. Meine Mutter kocht meine sämtlichen Lieblingsgerichte. Wraps. Erbsensuppe. Nudeln mit Thunfischsoße. Aber ich kriege nichts runter. »Du musst doch essen!«, sagt Mama und klingt verzweifelt. Aber ich habe keinen Appetit. Überhaupt nicht. Mein Körper will nicht essen. Deshalb weigert er sich, auch nur die Gabel in die Hand zu nehmen.

Nachts liege ich neuerdings ständig wach. Sobald ich einschlafe, quälen mich verrückte Albträume, in denen immer die Schule oder die Schüler eine Rolle spielen. Ich habe schon richtig Angst vor dem Schlafengehen und nicht einmal mehr in der Nacht meine Ruhe.

Auch nach draußen gehe ich kaum noch und sogar mit Anna treffe ich mich nicht mehr. Anfangs ruft sie noch jeden Tag an und versucht, mich zu einem Treffen zu überreden, oder will mit mir am Telefon quatschen. Aber irgendwann wird auch das weniger.

Meine einzigen sozialen Kontakte, wie man immer sagt, habe ich in der Schule. Und die beschränken sich darauf, dass ich als fette, stinkende Schlampe beschimpft oder zum Sex aufgefordert werde.

Allmählich dämmert mir auch, warum es sich jetzt so viel schlimmer anfühlt: In meiner Klasse kannten mich alle, da wussten sie, dass es eigentlich Lügen waren, die die Clique über mich verbreitet hat – auch wenn sie trotzdem mitgemacht haben. Jetzt ist es anders: Wildfremde Schüler hören diese Lügen, ohne dass sie mich kennen. Deshalb glauben sie es wirklich. Ich werde anders angesehen. Ich bin nur noch eine Schlampe. Nicht mehr.

Nach ein paar Tagen scheinen sie im Netz neue Lügen zu verbreiten. Das merke ich daran, dass sich die Beleidigungen verändern. Plötzlich werfen sie mir vor, dass ich mir meine guten Noten erschlafen würde. Passend dazu steht neuerdings »Jessica fickt Herrn Dierbach« im Klo. Diesmal sieht die Schrift anders aus und ich habe keine Ahnung, wer das geschrieben hat.

Dabei gehen meine Noten total in den Keller. Brachte ich früher Einser, Zweier und höchstens mal eine Drei nach Hause, sind es jetzt Dreien, Vieren und manchmal eine Fünf.

»Sag mal, Jessy, irgendetwas stimmt doch nicht mit dir!«, spricht Mama mich regelmäßig an, aber ich zucke nur mit den Schultern.

»Nö, alles gut.«

Mama lässt nicht locker: »Aber du isst nicht, du sprichst nicht, du lachst nicht und du triffst dich nicht einmal mehr mit Anna.«

»Keine Lust!«, sage ich dann nur und verschwinde in meinem Zimmer.

Selbst Denise kommt nicht an mich ran. Wenn wir

abends zusammen im Bett liegen, quatscht eigentlich nur noch sie. Was soll ich auch erzählen? Ich erlebe ja nichts mehr. Außer Mobbing. Und davon möchte ich nichts erzählen.

Ich finde meine Situation unerträglich. Seitdem es diese Internetgruppe gibt, habe ich noch mehr Angst. Jetzt sind es nicht mehr nur fünf Leute, die sich Gemeinheiten ausdenken. Plötzlich sind es 1200. Und alle hassen mich. Alle!

Ein paar Tage später verändert sich der Ton meiner Schulkameraden erneut. Während ich darauf warte, dass ein Lehrer unsere Klasse aufschließt, bemerke ich zwei Mädchen aus der Nachbarklasse, die mich abfällig mustern. Dann sagt die eine halblaut, sodass ich es hören kann: »Kein Wunder, wenn man einen Vater hat, der Alkoholiker ist.«

Wie bitte? Mein Vater? Papa stößt höchstens mal an Silvester mit Sekt an. Ich fühle mich elend. Nur wegen mir wird nun auch noch mein Vater mit Schmutz beworfen.

In der darauffolgenden Woche heißt es dann schon, dass ich zu Hause geschlagen werde und meine Eltern Messies seien. Dabei setzt mein Vater sogar Spinnen raus auf den Balkon, anstatt die aufzusaugen! Aber ansonsten kommt der Sauger bei uns regelmäßig zum Einsatz. Meine Mutter ist total penibel.

»Voll assi«, höre ich von nun an häufiger, wenn jemand an mir vorbeigeht.

Einmal sagt ein Junge: »Kannste dir die Mensa nicht leisten? Dann hättest du wenigstens mal eine warme Mahlzeit. Bei euch gibt's doch nichts!« Damit lässt er mich stehen und ich starre ihm hinterher.

Wie kommt er denn auf so etwas? Was bilden sich die

Leute ein? Können die nicht denken? Können sie nur lesen, was im Internet steht? Auch wenn es der größte Unsinn ist!

Nadine hat schon unzählige Male bei uns mitgegessen, weil nämlich bei IHR nicht jeden Tag frisch gekocht wird – anders als bei uns.

Ich bin total fassungslos, was die sich einfallen lassen, um das gierige World Wide Web zu füttern.

Was kommt als Nächstes? Wie soll das jemals wieder aufhören? Bis zu meinem Abschluss werden alle denken: Die asoziale Schlampe hat sich ihre guten Noten nur erschlafen! Dabei war ich noch nie mit einem Jungen zusammen! Niemand hat mich je mit einem Jungen gesehen. Nur dieses eine Mal auf diesem einen Foto. Die WOLLEN das glauben. Die wollen nichts anderes. Und deshalb habe ich keine Chance – außer, mich dieser Situation zu entziehen, indem ich mich umbringe.

Einfach einschlafen, nie mehr aufwachen, nie mehr in die Schule müssen! Dieser Gedanke ist wie Gummibärchen in Zuckerwatte – ein süßer Traum.

Dabei erscheint mir das Ganze inzwischen nicht mehr als Bestrafung für die Mobber – es ist nur noch Erlösung. Meine Erlösung!

Ich bin es nicht wert zu leben. Ich bin ein Nichts!

Da mir übers SchülerVZ eh kaum noch einer schreibt, nutze ich meine Internetstunde fortan, um mich über Selbstmordmethoden zu informieren. Ich finde sogar eine Seite, auf der es eine Art Ranking gibt, welche Selbstmordmethode als sicherste gilt. Diese Liste gehe ich Punkt für Punkt durch und stelle fest, dass viele Möglichkeiten für mich ausfallen. Ich meine, wo soll ich denn bitte eine Waffe herbekommen? Erschießen fällt aus! Oder Erhängen? Unmöglich! Auch wenn es als sichere Variante gilt – ich brauche einen friedlichen Tod!

Erstaunt stelle ich fest, dass ich ziemlich feste Vorstellungen habe, wie ich sterben möchte.

Am allerwichtigsten ist es mir, mich so umbringen, dass ich keine Schmerzen habe. Ich habe Angst vor Schmerzen. Ich finde schon Impfnadeln schlimm. Unvorstellbar, mich selbst mit einem Messer aufzuschneiden oder so. Ich kann mich nicht selbst verletzen! Außerdem lese ich, dass das ziemlich lange dauern kann, bis man verblutet ist. Dann hätte ich sogar richtig lange Schmerzen – das kommt überhaupt nicht infrage!

Das zweite Kriterium: Ich will eine sichere Methode. Es darf auf keinen Fall schiefgehen! Nicht dass meine Eltern mich finden, ins Krankenhaus bringen und dann alle nachfragen, warum ich das getan habe. Oder dass die in der Schule davon erfahren. Dann sagen sie garantiert: Die ist sogar zum Selbstmord zu blöd! Das fehlte mir noch.

Und als drittes Auswahlkriterium: Ich möchte nicht Unbeteiligte in Gefahr bringen, indem ich beispielsweise vor einen Zug springe oder von einer Autobahnbrücke. Ich habe mal gelesen, wie schwer die Bahnfahrer nach so etwas traumatisiert sind. Von den Leichenbeseitigern ganz zu schweigen.

Plötzlich fällt mir dieser Werbespruch ein: »Das sind ja gleich drei Wünsche auf einmal – das geht nun wirklich nicht.« Ich muss schmunzeln, weil das so makaber klingt. In der Werbung geht es um Spiel, Spaß und Schokolade. Und ich? Ich plane so meinen Selbstmord.

Am liebsten wäre es mir ja, irgendwelche Tabletten zu schlucken. Bei diesem Selbstmordranking, das ich im Internet gefunden habe, steht das auf Platz sechs, weil es leider nicht besonders zuverlässig klappt. Allenfalls, wenn man dazu noch größere Mengen Alkohol trinkt. Aber das wäre ja kein Problem – da komme ich schon ran. Irgendeine Flasche Wein steht immer bei uns rum – das ist ja bei Erwachsenen ein beliebtes Mitbringsel und Verlegenheitsgeschenk. Und da meine Eltern nicht trinken, stehen unzählige Flaschen abholbereit im Keller herum.

Wo unsere Medikamente sind, weiß ich auch. Die sammelt Mama in einer großen Kiste im Schlafzimmer. Meine Schwester und ich dürfen da zwar nicht alleine ran, aber mal ehrlich: Mit mir schimpfen kann dann eh keiner mehr. Die Frage ist nur, wann ich es mache. Fest steht: Es muss vor der Klassenfahrt geschehen.

Da es aber unter Umständen ein paar Stunden dauert, bis man wirklich tot ist, müsste ich längere Zeit alleine zu Hause sein, wenn ich mich mit Tabletten einschläfern will. Ich müsste also ein letztes Mal die Schule schwänzen und gleich früh am Morgen damit beginnen, die Pillen zu schlucken, sobald die anderen aus dem Haus sind. Dann bin ich bis zum Nachmittag, wenn Mama von der Arbeit kommt, sicher eingeschlafen.

Das klingt gut.

Wie schon beim ersten Mal, als ich über Selbstmord nachgedacht habe, merke ich, wie mich diese Vorstellung entspannt. Es gibt eine Lösung. Und diesmal werde ich sie durchziehen. Auf gar keinen Fall werde ich mich weiter zur Schule quälen!

Doch dann kommen erst einmal die Weihnachtsferien. Die will ich noch erleben! Auch wenn das eine Geld- und Geschenkeverschwendung ist, wenn ich jetzt noch etwas bekomme, aber das kann ich meiner Familie ja nicht sagen: Ihr braucht mir nichts schenken, ich bringe mich eh bald um.

Es macht mich ein bisschen traurig zu sehen, wie viel Mühe sie sich geben, uns ein schönes Weihnachtsfest zu bescheren. Meine Familie wird mir fehlen. Eigentlich finde ich es sogar traurig, sie verlassen zu müssen. Und zwischendurch vergesse ich meinen Plan sogar komplett. Zu Hause ist alles so gemütlich und kuschelig wie immer. Nur Anna fehlt mir. Zum ersten Mal backen wir an Weihnachten keine Plätzchen zusammen. Das war über Jahre ein selbstverständliches Ritual, aber jetzt haben wir uns so weit aus den Augen verloren, dass ich mich nicht traue, sie anzurufen und zum Backen einzuladen. Das ist schade.

Auch an Silvester stehe ich diesmal alleine hinter dem Vorhang, weil Anna nicht da ist. Und ohne sie gehe ich auch nicht noch später raus, um Goldregen oder Wunderkerzen sprühen zu lassen. Stattdessen sitze ich alleine in meinem Zimmer auf dem Bett. Denise feiert mit Freunden irgendeine Party, auf die sie sich schon seit Wochen gefreut hat, und mir wird plötzlich ganz schwer ums Herz: Mein letztes Silvester!

Leider hat Denise sich auf ihrer Party irgendeinen fiesen Grippevirus eingefangen, sodass sie erst einmal zu Hause bleibt und nicht in die Schule gehen kann, als die Ferien um sind. Das ist ärgerlich, denn es bedeutet für mich, dass ich in die Schule muss. Und davor graut es mir. Wer weiß, was ihnen über die Ferien Neues eingefallen ist ...

Tatsächlich machen sie genauso weiter, wie sie aufgehört haben. Das stresst mich zwar weiterhin, wirft mich aber nicht mehr völlig aus der Bahn. Zumal ich weiß, dass es eh nur noch eine Frage der Zeit ist: Bald bin ich hier weg! Sobald Denise wieder gesund ist, ziehe ich das mit den Tabletten durch!

Aber dazu kommt es nicht mehr, da ich schon vorher zusammenbreche.

Ich sitze im Matheunterricht und sehe an die Tafel, wo unsere Lehrerin gerade irgendwelche Dezimalzahlen anschreibt. Ich finde das kompliziert, was sicher auch daran liegt, dass ich durch diesen Dauerstress müde und unkonzentriert bin. Da spüre ich plötzlich ein Ziehen an meinem Pferdeschwanz. Abrupt drehe ich mich um und sehe, wie Sergej mit einer Schere in der Hand zurück zu seinem Platz schräg hinter mir schleicht. Die anderen Schüler lachen und sehen mich erwartungsvoll an. Nur meine Grundschulfreundinnen gucken entsetzt. Und Jasmin steckt gerade wieder ihr Telefon in die Tasche. Hat sie wieder ein Foto gemacht? Wovon? Was ist denn los?

Instinktiv greife ich an meinen Zopf und erstarre: Er ist weg! Ich sehe zu Boden: Da liegt ein ganzes Büschel langer dunkler Haare. Ich bin schockiert. Meine Haare! Meine heiligen Haare, das Einzige, was ich überhaupt an mir mag.

Schockiert starre ich zu Boden. Da liegt mein Zopf. Das sind MEINE Haare! Das ist MEINS! Irgendetwas muss doch auch MEINS sein dürfen! Ich fange an zu weinen. Heulkrämpfe schütteln mich. Und meine Klassenkameraden lachen noch lauter.

Erstaunt kommt die Mathelehrerin an meinen Platz: »Jessica, ist alles okay?«

Wieder so eine blöde Frage! Natürlich nicht! Ich schüttele den Kopf.

Da ich nicht sprechen kann, wendet sich Frau Ellermann an die Klasse: »Weiß jemand, was mit Jessica los ist?«

Nun schütteln alle den Kopf! Und ich muss noch stärker weinen. Schließlich wissen es ALLE, ALLE ganz genau! Bittend sehe ich zu meinen alten Grundschulfreundinnen, aber die senken nur beschämt ihre Köpfe oder wenden sich ab. Von denen ist keine Unterstützung zu erwarten. Die haben doch selbst Angst. Wie scheinbar alle hier.

Meine Lehrerin schickt mich vor die Tür, damit ich mich beruhige. Nach etwa fünf Minuten kommt sie hinterher und ich erkläre ihr schluchzend, dass mir Sergej die Haare abgeschnitten hat. Ich zeige ihr die Stoppeln, die jetzt noch aus meinem Haargummi ragen.

Frau Ellermann zieht die Stirn kraus. Dann nimmt sie mich an der Schulter und führt mich zurück in die Klasse. »Jessica sagt, Sergej hätte ihr gerade die Haare abgeschnitten. Stimmt das?«, fragt sie in den Raum. Und wieder schütteln alle den Kopf. Meine Lehrerin wagt einen weiteren Versuch und spricht ganz direkt ein Mädchen aus meiner Klasse an: »Klara, hast du gesehen, dass Sergej Jessicas Zopf abgeschnitten hat?«

Klara zögert kurz. Dann sagt sie laut und deutlich: »Nein.«

Frau Ellermann holt tief Luft, dann schickt sie mich zurück an meinen Platz. Da liegen noch immer die Haare am Boden. Ich setze mich und Frau Ellermann macht einfach mit dem Matheunterricht weiter, als wäre nichts geschehen.

Was denkt sie denn? Dass ich mir selbst die Haare abschneide? Denkt sie überhaupt? Oder ist es okay, wenn jeder mit mir macht, was er will?

Leise weinend sitze ich an meinem Platz. Die Tränen

sammeln sich auf meinem Tisch zu einem kleinen See und von überall höre ich Getuschel und Gekicher.

Nach dem Unterricht schnappe ich meinen Rucksack und laufe raus. Raus aus dem Klassenraum. Raus aus der Schule. Bloß weg! Meine Augen brennen und ich bin erschöpft vom Weinen. Ich will nach Hause, ich will mich ausruhen.

Denise sieht erstaunt auf, als ich viel zu früh zur Wohnungstür hereinplatze. »Schon Schluss?«, fragt sie, ohne von ihrem Buch aufzusehen, das sie gerade auf dem Sofa im Wohnzimmer liest.

»Hm!«, brumme ich nur und verschwinde in unserem Zimmer. Dort lasse ich mich auf mein Bett fallen und weine. Auch wenn es natürlich riskant ist und meine Schwester mich jederzeit erwischen kann – ich kann nichts dagegen tun. Es schüttelt meinen Körper. Ich habe das Gefühl, dass meine Augen brennen und an meinem Herzen schwere Gewichte hängen. So schwer, dass sie mein Herz zerreißen. Mein ganzer Körper ist im Ausnahmezustand. Nicht einmal mein Gehirn funktioniert. Ich kann nichts denken. Alles ist nur Schmerz und Wut und Scham und Hass und Trauer und Entsetzen.

In diesem Moment betritt Denise unser Zimmer: »Alles in Ordnung?«, fragt sie. Aber dann sieht sie mich auf meinem Bett liegen und ruft: »Oh, du weinst ja!« Mehr nicht. Dann setzt sie sich zu mir aufs Bett und nimmt mich in den Arm. Und das tut gut. Meine Schwester hält mich. Sie hält mich stundenlang. Wir sitzen einfach zusammen da und es ist, als würde ihr Körper meinem Energie abgeben. Er hört auf, sich zu schütteln, mein Atem wird ruhiger, die Tränen versiegen. Nur ab und zu durchzuckt mich noch ein Aufschluchzen.

»Magst du mir nicht erzählen, was los ist?«, fragt sie, ohne mich loszulassen.

Ich liege in ihrem Arm und überlege, was ich nun machen soll. Abstreiten wäre lächerlich. Beinahe eine Beleidigung. Und bis jetzt hat Denise IMMER dichtgehalten. Sie hat mich noch nie verpetzt. NIE.

»Aber du darfst es nicht Mama und Papa erzählen! Schwörst du das?«, fordere ich. Dabei habe ich mich noch gar nicht richtig dazu entschieden, es ihr zu sagen. Ich habe nur entschieden, dass ich nicht nichts sagen kann.

»Klar verspreche ich das!«, schwört Denise mit erhobener Hand und schaut mir dabei fest ins Gesicht.

Und erst in diesem Moment weiß ich genau, dass ich sie einweihen werde. Dass ich ihr von dem ganzen Terror, dem Mobbing, der SchülerVZ-Gruppe und dem geplanten Selbstmord erzählen werde.

Meine Schwester hört mir zu und ich sehe, wie ihre Augen glasig werden. Sie ballt ihre Hand zu einer Faust, schnauft zwischendurch und schüttelt den Kopf.

Und ich rede und rede und rede. Immerhin zog sich das Ganze fast über zwei Jahre hin. Da gibt es eine Menge zu erzählen.

Inzwischen ist es Nachmittag und unsere Eltern kommen nach Hause. Wir hören, wie sie die Wohnung betreten, wie die Tür ins Schloss fällt und wie sie auf dem Gang lachen.

Denise sieht mich lieb an. Dann gibt sie mir einen Kuss auf die Stirn und sagt: »Wir müssen es Mama und Papa sagen.« Damit steht sie auf.

Diese Verräterin! Ich bin fassungslos, springe auf und renne ihr brüllend hinterher: »Du hast versprochen, nichts zu sagen! Du hast versprochen, es für dich zu behalten!

Du bist eine blöde Kuh, Denise! Dir erzähle ich nie wieder was!«

Ich bin außer mir! Noch vor zwei Stunden hat sie mir ein Versprechen gegeben und zack!, rennt sie zu meinen Eltern, sobald sie nach Hause kommen. Was für ein Verrat! Was für eine fiese Hexe meine Schwester doch ist!

»Du hast es versprochen! Du hast es mir versprochen!«, kreische ich immer wieder, in der Hoffnung, sie doch noch davon abzubringen. Inzwischen muss ich schon wieder heulen und unsere Eltern schauen uns entsetzt an.

Papa fragt: »Was ist denn hier los?«

Und Denise antwortet ihm: »Wir müssen mit euch reden!«

»Nein!«, kreische ich. »Nein!« Aber als ich einsehe, dass ich Denise nicht davon abhalten werde, brülle ich ihr ein »Ich hasse dich!« hinterher und renne heulend in unser Zimmer, wo ich laut krachend die Tür ins Schloss schmeiße.

Nach einer Weile kommt Mama ins Zimmer: »Magst du dich nicht zu uns ins Wohnzimmer setzen? Damit wir darüber reden können?«, fragt sie. Ihre Stimme zittert.

Ich kann mich nicht erinnern, sie schon einmal dermaßen aufgewühlt gesehen zu haben. Es widerstrebt mir. Es widerstrebt mir total. Trotzdem rappele ich mich mühsam auf. Ich mag Mama nicht ins Gesicht sehen. Denn nun schäme ich mich nicht mehr nur dafür, dass ich gemobbt wurde, sondern auch dafür, meinen Eltern nichts davon erzählt zu haben. Nun fühle ICH mich wie eine Verräterin, wie eine miese Lügnerin.

Als ich ins Wohnzimmer komme, blitze ich Denise wütend an.

Papa sagt: »Komm, setz dich hierher!«, und klopft dabei mit der Hand auf den Platz neben sich.

Kapitel 6: Mitte 7. Klasse

»Dass ich es Denise erzählt habe, ist das Beste, was mir jemals passiert ist!«

Tagebucheintrag von Jessica, nach dem Schulwechsel 7. Klasse

»Ist die Identität des Täters ermittelt und ein Unterlassungsanspruch gerichtlich durchgesetzt, droht ihm ein Ordnungsgeld in Höhe von bis zu 250.000 €, wenn er seine Tat noch einmal wiederholt. Zudem hat der Täter dann sämtliche Rechtsanwalts- und Gerichtskosten zu erstatten und in besonders schwerwiegenden Fällen auch eine nicht unerhebliche Geldentschädigung an das Opfer zu zahlen.

Sämtliche dieser Ansprüche setzen wir regelmäßig für unsere Mandanten durch. Darüber hinaus helfen wir unseren Mandanten natürlich auch in Bezug auf die strafrechtliche Sanktionierung des Cyber-Mobbings. In Betracht kommen die Straftatbestände der Beleidigung, der üblen Nachrede und der Verleumdung, eine Verletzung des persönlichen Lebens- und Geheimnisbereichs, Straftaten gegen die persönliche Freiheit sowie die Straftatbestände des Stalkings, der Gewaltdarstellung, der Nötigung und der Bedrohung. Dem Täter droht damit sogar eine Gefängnisstrafe, wenn er entsprechend verurteilt wird.«

Dr. Niklas Haberkamm, LL. M. oec., Rechtsanwalt

»Das ist ein Schockmoment, wenn deine kleine Tochter vor dir steht und von Selbstmord spricht.«
Birgit Gehres, Jessicas Mutter

Denise hat mir schon einmal das Leben gerettet. Damals war ich vier Jahre alt. Wir waren in Holland im Urlaub. Unser Ferienhäuschen lag direkt an einem Kanal, in dem alle Kinder herumgeplanscht sind. Weil ich noch nicht schwimmen konnte, habe ich ein Aufblas-Herzchen mit ins Wasser genommen. Das fand ich total schick. Die ganze Zeit habe ich mich an dem Ding festgehalten, aber dann ist ein anderes Kind dagegengesprungen – und schwups!, war es weg und ich ging unter. Dabei schloss ich die Augen und war mir sicher, dass ich nun sterben würde. Trotzdem war ich nicht ängstlich oder verunsichert, sondern fühlte mich ganz ruhig. Ein sehr merkwürdiges Gefühl, das ich seither nie vergessen habe.

Als ich wieder zu mir kam, lag mein entkräfteter Körper auf dem harten, warmen Asphaltboden. Das Erste, was ich sah, waren die besorgten Augen meiner Schwester. Später im Krankenhaus erzählten meine aufgebrachten Eltern, dass meine Schwester als Erste gemerkt hätte, dass ich untergegluckert war. Sie tauchte sofort hinterher, um mich zu suchen, entdeckte mich tatsächlich und zog mich dann – bewusstlos – an Land. Zum Glück war Denise damals schon seit drei Jahren bei der DLRG und eine ausgezeichnete Schwimmerin, sonst hätte diese Rettung wahrscheinlich mit einem Drama geendet.

Seitdem sagen wir immer, dass Denise mein Schutzengel ist. Auch heute hat sie mich gerettet: Ohne sie hätte ich mich umgebracht. Ganz sicher. Trotzdem ist mir das im ersten Moment nicht bewusst.

Stattdessen sitze ich stinksauer auf dem Sofa und sage kein Wort. Zwischendurch werfe ich meiner Schwester bitterböse Blicke zu. Weil ich nicht rede, redet Denise. Sie plaudert alles aus, was ich ihr gerade im Vertrauen erzählt habe. Miese Verräterin!

Allerdings reagieren meine Eltern ganz anders, als ich es erwartet hätte: Sie sind nicht vorwurfsvoll, kein bisschen wütend auf mich, sondern nur auf die Lehrer und meine Mitschüler. Entsetzt schütteln sie ihre Köpfe über das, was sie hören. Und plötzlich – ganz von alleine – fange auch ich an zu erzählen. Von dem ganzen Martyrium der vergangenen zwei Jahre.

Meine Mutter legt den Arm um mich und mein Vater nimmt meine Hand. Und dann sagt er: »Jessy, du wirst diese Schule nie wieder betreten. Das verspreche ich dir!« Er steht auf und sucht aus seinem kleinen, uralten Telefonbuch die Handynummer von Denise' Klassenlehrer raus, der gleichzeitig Konrektor der Realschule ist. Die hat er mal vor irgendeiner Klassenfahrt bekommen. Jetzt ist er froh, dass er sie noch hat.

Obwohl es schon kurz vor 20 Uhr ist, wählt er die Nummer und bekommt den Lehrer tatsächlich ans Telefon: »Hallo, Herr Reichenbach? Hier ist Günter Gehres, der Vater von Denise. Entschuldigen Sie, wenn ich Sie so spät störe, aber es ist ein Notfall.« Und dann berichtet er ihm in kurzen Stichpunkten, was mir passiert ist.

Ich merke, wie gut es mir tut, dass plötzlich jemand mein Leid ernst nimmt, dass sich jemand für mich einsetzt, mich beschützt und sich vor mich stellt. Denise lächelt mich an und ich kann nicht anders: Ich lächele zurück. Es ist ein warmes, weiches Lächeln. Ein Schwestern-Schutzengel-Lächeln. Und nun spüre ich zum ersten Mal Dankbarkeit. Denise hat genau das Richtige gemacht!

Herr Reichenbach verspricht, dass er mich auf der Realschule unterbringen wird – mitten im Schuljahr – von einem Tag auf den anderen. Er ist unkonventionell. Ein toller Lehrer. Zufrieden legt mein Vater auf. Seine Augen sind glasig, als er das Gespräch zusammenfasst: »Herr Reichenbach hat gesagt, dass wir uns auf ihn verlassen können, dass er das regelt. Ab Montag kannst du dort zur Schule gehen.«

Mama nimmt Papas Hand. Und dann ist es erst einmal ganz still bei uns. So als müssten wir alle das Ganze kurz sacken lassen – jeder für sich. Erschöpft sitzen wir beieinander und sehen uns an. Dann streichelt meine Mutter über meinen Kopf und den Pferdeschwanzstummel: »Jessy, es ist spät, mach dich jetzt mal bettfertig. Papa und ich gehen morgen zur Schule und holen deine Sachen ab«, sagt sie. Ich nicke und stehe auf.

Es ist ganz selbstverständlich, dass ich nie wieder einen Fuß in diese Schule setzen muss. Ich kann es noch gar nicht glauben. Es ist vorbei. Diesmal wirklich. Herr Reichenbach hat versprochen, dass ich sofort auf die Realschule wechseln darf. Zu meiner Anna.

Auch wenn meine Freundin und ich in den vergangenen Monaten wenig miteinander zu tun hatten – sie wird sich freuen, dass ich nun endlich doch auf ihre Schule komme. Das weiß ich.

Mit dieser Gewissheit gehe ich an diesem Abend schlafen und zum ersten Mal seit Ewigkeiten quälen mich nachts keine wilden Albträume. Stattdessen schlafe ich durch und erwache erst am nächsten Morgen, als ich aus der Küche

Stimmen höre. Denise schläft noch – sie darf wegen ihrer Grippe noch immer zu Hause bleiben. Leise schleiche aus unserem Zimmer und höre meine Eltern beratschlagen, wie sie gleich vorgehen.

»Zuerst zur Schulleitung!«, sagt Mama.

Und Papa antwortet: »Ja, aber ich will auch die Klassenlehrerin zur Rede stellen, warum die so geschlafen hat!«

Mein Herz rast, als ich das höre. Ich bin total aufgeregt und habe Angst, dass meine Eltern sich vielleicht umstimmen lassen könnten. Oder dass sie erfahren, dass ich eine stinkende, hässliche Kröte bin, die es nicht anders verdient, als gemobbt zu werden. Dabei weiß ich genau, dass solche Gedanken Unsinn sind.

Ich kann mich auf meine Eltern verlassen!

Aber obwohl ich das weiß, ist es trotzdem irgendwie merkwürdig, dass sie nun in die Schule gehen. An den Ort des Geschehens. Vielleicht werden ihnen auch Nadine oder die anderen aus der Clique über den Weg laufen?

Um zehn Minuten vor acht verlassen sie unsere Wohnung.

Ich setze mich vor den Fernseher. Berieselung, das ist es, was ich jetzt brauche. Denn ich kann mich auf nichts konzentrieren. Spätestens alle fünf Minuten starre ich auf die Uhr und frage mich, was bei meinen Eltern wohl gerade los ist.

Um kurz nach halb neun ist auch Denise wach. Im Schlafanzug setzt sie sich neben mich aufs Sofa und legt mir ihren Arm um die Schulter. »Jetzt wird alles gut!«, sagt sie. Und dann starrt sie mit mir zwischen Fernseher und Uhr hin und her, bis wir zwei Stunden später ENDLICH den Schlüssel in der Wohnungstür hören und unsere Eltern nach Hause kommen.

Ich springe sofort auf: »Wie war's?«, frage ich.

Papa lacht mich an, aber Mama sieht angespannt aus. Papa sagt: »Es ist jetzt vorbei!«

Und Mama: »Das sind echt Idioten!«

Dann setzen wir uns alle gemeinsam in die Küche, trinken Tee und Papa erzählt: »Also, zuerst waren wir bei deinem Schuldirektor. Der wollte uns abwimmeln, aber dann hat Mama richtig Theater gemacht und wir durften zu ihm. Als er unsere Geschichte gehört hat, hat er die Klassenlehrerin zu sich gerufen. Die hat doch tatsächlich behauptet, dass sie als studierte Pädagogin von einem täglichen Mobbing nichts mitbekommen hätte und du selbst schuld an der ganzen Geschichte seiest. Da hättest du Mama mal sehen sollen! Sie hat deine Lehrerin wegen unterlassener Hilfeleistung, Vernachlässigung von Schutzbefohlenen und menschlichem Versagen richtig runtergeputzt.«

Trotzdem ducke ich mich, als hätte ICH einen Schlag bekommen: »Selbst schuld!« Das trifft mich. Weil es genau das ist, was ich die ganze Zeit befürchte.

Mama scheint meine Gedanken zu lesen: »Jessy, das ist doch Quatsch! Die muss sich irgendwie rechtfertigen. Sie will ja nicht als schlechte Lehrerin dastehen. Das kränkt ihre Berufsehre.«

Ich nicke. Das verstehe ich. Trotzdem tut es mir weh.

Papa redet weiter: »Und dann wollte dich dein Direktor natürlich nicht mitten im Jahr und von einem Tag auf den anderen die Schule wechseln lassen. Erst als wir damit gedroht haben, die ganze Sache bei der Polizei anzuzeigen, hat er eingelenkt. Und plötzlich war der Wechsel kein Problem mehr.« Papa lacht. Er ist froh, dass sie das geschafft haben. Fast belustigt erzählt er davon, wie sie meine ganzen Sachen aus dem Spind geholt haben – unter der strengen Aufsicht des Direktors!

Es ist vorbei! Drei Tage später beginnt mein neues Leben. Mein neues Schulleben auf der Realschule.

Anna freut sich sehr, als sie hört, dass ich in ihre Klasse komme. »Du wirst sehen, die sind richtig nett!«, sagt sie immer wieder, als wir am Montagmorgen gemeinsam in Richtung Schule laufen.

Mein Bauch grummelt. Ich habe Angst. Was, wenn die hier auch die »Wir hassen Jessica!«-Gruppe kennen? Durch das Internet ist die Verbreitung ja unkontrollierbar.

Ich habe keine Ahnung, was mich hier erwartet. Aber Anna ist zuversichtlich: »Hier hast du doch mich! Ich werde schon auf dich aufpassen!«, macht sie mir Mut.

Ich lächele schwach und sende einen Wunsch ins Universum: Bitte, lass hier niemanden etwas von dem Mobbing wissen! Bitte, bitte!

Und mein Wunsch wird erfüllt: Alle nehmen mich freundlich auf. Alle glauben, ich hätte die Schule gewechselt, um mit meiner besten Freundin Anna in eine Klasse zu gehen. Und ich blühe richtig auf. In den Pausen spielen wir Fangen oder schlendern gemeinsam mit anderen Mädchen über den Hof, gucken nach den Jungs und kichern und quatschen – so wie ich es mir immer erträumt habe. Es ist alles gut.

Erst ein gutes halbes Jahr später holt mich meine Vergangenheit doch wieder ein: Unser Klassenlehrer eröffnet uns, dass wir einen Berufsbildungstag hätten. Anna und ich lauschen gespannt. Wir beide haben nämlich noch keine Ahnung, was wir später einmal arbeiten wollen. Unser Lehrer sagt: »Das Ganze findet an der Wuppertaler Gesamtschule statt.«

Wumms!

Es ist, als würde mich ein Baseballschläger mitten ins Gesicht treffen. Als hätte jemand einen Schalter umgelegt, fange ich an zu heulen, springe auf und renne aus dem Raum. Anna sofort hinterher.

Sie fängt mich auf dem Flur vor unserer Klasse ein: »Ist es so schlimm? Wir müssen da doch nicht hingehen!«, sagt sie sofort.

Es schüttelt mich, die Tränen laufen mir übers Gesicht und der Schnodder aus der Nase: »Das kann ich auch nicht! Ich kann da nicht hin!«, schluchze ich, selbst erschrocken darüber, wie tief diese Angst offenbar noch sitzt.

Als das alles rauskam und meine Eltern von meinen Selbstmordgedanken erfahren haben, haben wir gemeinsam überlegt, ob ich wohl eine Therapie machen sollte. Aber dann haben wir entschieden, dass wir das mit ganz viel Familienliebe auch alleine hinbekommen. Mama hat sich sofort unbezahlten Urlaub genommen, um sich besser um mich kümmern zu können. Und bis jetzt habe ich auch gedacht, dass ich das Ganze gut verarbeitet hätte. Aber offenbar ist das nicht so.

Anna nimmt mich fest in den Arm und plötzlich höre ich die Stimme unseres Klassenlehrers. Auch Herr Fröhlich ist eingeweiht und kennt meine Geschichte. Er sagt genau wie Anna: »Du musst da nicht mit, wenn dich das zu sehr aufwühlt. Wobei ich natürlich dabei sein werde und du keine Angst haben müsstest.«

Ich nicke und drehe mich verschämt weg. Anna reicht mir ein zerknülltes Taschentuch, das sie aus ihrer Jeans zieht. Ich schnäuze mich.

Kurz darauf gehen wir gemeinsam zurück in die Klasse, wo uns alle aus großen Augen neugierig anstarren. Sobald die Pause beginnt, rasen sie an unseren Platz: »Was war denn los? Warum hast du so geweint?« Jungs wie Mädchen – alle versammeln sich um uns herum.

Herr Fröhlich prescht sofort in unsere Mitte: »He, he! Lasst Jessica mal in Ruhe!«, ruft er.

Aber ich winke ab: »Schon okay!« Ich habe so viel Vertrauen in meine neuen Klassenkameraden, dass ich ihnen gerne erzählen möchte, warum ich weinen musste. »Ich bin schlimm gemobbt worden und habe deshalb die Schule gewechselt«, sage ich. »Ich habe es in der alten Schule nicht mehr ausgehalten. Und jetzt habe ich Panik, meine alten Klassenkameraden wieder zu treffen.«

Meine neuen Mitschüler lauschen gebannt. Manchmal schütteln sie ungläubig die Köpfe.

»Ausgerechnet DU wurdest gemobbt?«, hakt Celina noch einmal nach.

Ich nicke.

»Du bist doch total lieb!«, sagt sie erstaunt und ich muss lächeln.

Herr Fröhlich steht bei uns. Vielleicht um einzugreifen, wenn sich das Gespräch nicht gut entwickeln sollte. Das vermute ich zumindest. Denn er sagt nichts und er kennt die Geschichte ja schon.

Als ich fertig bin, springt Kai auf: »Na und? Jetzt hast du ja uns! Wir werden schon auf dich aufpassen!«

Und auch die anderen rufen: »Klar, du kommst mit!« Plötzlich sagen das ganz viele. Und alle tätscheln mir auf die Schulter oder auf den Arm und nicken mir Mut machend zu.

Und ich? Ich könnte schon wieder weinen. Weil ich so glücklich bin. Und so dankbar. Endlich habe ich eine nette Klasse, eine, die mich unterstützt und mich mag. Eine, die zusammenhält.

Wie eine Leibgarde scharen sich meine Klassenkameraden um mich herum, als wir im November meinen alten Schulhof betreten. Es ist ein grauer Tag. Wie passend! Ich fühle mich beklommen. Dabei sollte ich eigentlich stolz sein. Denn jetzt bin ich nicht mehr die gequälte Außenseiterin. Ich bin ein fest integriertes, beliebtes Mädchen, ohne dass ich mich dafür verbiegen müsste. Alle halten zu mir. Keinen interessiert, was die früher über mich behauptet haben oder welche Klamotten ich trage oder wie dick mein Bauch ist. Jetzt interessiert mein Charakter und alle finden mich lieb und lustig. Und das bin ich auch.

Endlich bin ich wieder ich!

An dem ganzen Berufsbildungstag bin ich tatsächlich nicht eine Sekunde alleine. Anna weicht mir ohnehin nicht von der Seite, aber auch sonst sind immer mindestens drei, vier Schüler um mich. Mädchen wie Jungen. Alle suchen regelmäßig Blickkontakt mit mir, lächeln mich an und schauen auf, sobald sich uns andere Schüler nähern.

Aber leider – und ich meine wirklich LEIDER – treffen wir niemanden von früher. Ich hätte ihnen gerne gezeigt, dass sie mir nichts mehr tun können. Sie haben keine Macht mehr über mich. Das ist vorbei!

Epilog: Zehn Jahre später

*»Ich habe bei Google nach Athina gesucht.
Sie hat sich die Nase operieren lassen.
Wie zufrieden ist wohl jemand, der sich von
seinem ersten selbst verdienten Geld die
Nase korrigieren lässt?«*

Jessica heute

»Sobald Jessy die Gesamtschule verlassen hatte, veränderte sie sich total: Sie war wieder viel lebenslustiger und hatte mehr Freunde. Das hat mir als große Schwester gutgetan! Zu Beginn hatte ich zwar ein mulmiges Gefühl bei allen neuen Freundschaften, doch als ich gesehen habe, dass es Jessy dadurch besser ging, habe ich mich gefreut! Ihre neuen Freundinnen konnte ich – anders als Nadine – respektieren und akzeptieren. Endlich konnte ich beruhigt sein, dass Jessy wieder leben wollte.

Schon als Kleinkind habe ich es geliebt, Jessy in meinem Puppenwagen durch die Straßen zu fahren. Das nennt man doch Geschwisterliebe!?! Auch heute bin ich verdammt stolz, so eine ›kleine Schwester‹ zu haben, die ich immer noch beschützen will. Ich denke, dieses ›Beschützergefühl‹ wird nie vergehen als große Schwester – egal wie alt sie ist. Denn sie wird für mich immer meine kleine Schwester bleiben.«

Denise Gehres, Jessicas Schwester

Die Sonne blendet mich. Es ist ein warmer Oktobermittag. Ich sitze auf so einem weißen Plastikstuhl, wie es ihn zu Hunderten für ein paar Euro in jedem Baumarkt zu kaufen gibt. Dieser hier ist schon recht abgenutzt. Überall hat sich ein grüner Schimmer abgesetzt. Aber das ist mir egal. Ich möchte die letzten warmen Sonnenstrahlen dieses Jahres genießen und schließe die Augen, um für einen kurzen Moment alle Menschen und den Lärm der Spieler und des Publikums auszublenden. Dabei spielt heute mein bester Freund Harald Fußball und ich habe ihm fest versprochen, ihn anzufeuern. Immerhin ist es das letzte Heimspiel seines Vereins und dazu noch ein entscheidendes, schließlich geht es um den Klassenerhalt.

Aber der Tag ist zu schön! Da muss man eigentlich im Straßencafé sitzen – und nicht am Rande eines Fußballplatzes. Gerade pfeift der Schiedsrichter und die Menge stöhnt laut auf, da spüre ich, wie jemand neben mir Platz nimmt. Richtig nah. Sodass sein Arm meinen berührt. Ich schlage die Augen auf und spüre den leichten Schmerz, den man immer empfindet, wenn die Augen plötzlich geblendet werden. Erst ganz allmählich bildet sich ein Gesicht aus dem verschwommenen Dunkel, das ich zunächst nur erkennen kann. Und dann zucke ich zusammen: Es ist Paul.

Aus ihm ist ein Mann geworden. Klar. Mittlerweile sind ja auch zehn Jahre vergangen. Trotzdem erkenne ich ihn sofort wieder, meinen alten Peiniger.

»Hey!«, sagt er und lächelt mich schief an.

Ich drehe mich abrupt weg und sage nichts. Mein Herz rast. Und meine Knie sind weich, sonst würde ich wohl aufspringen und davonlaufen. Aber nach der ersten Schrecksekunde merke ich, wie ich wütend werde. Was bildet sich dieser Idiot eigentlich ein? Jahrelang quält er mich und nun rückt er mir hier so dicht auf die Pelle und sagt »Hey!« – als ob nie etwas gewesen wäre. Ich merke, wie mir Tränen in die Augen schießen. Nach zehn Jahren! Zum Glück habe ich eine Sonnenbrille dabei, die ich mir erst einmal aufsetze. Diese Genugtuung gönne ich ihm nicht, dass er mich nach der langen Zeit noch immer in Panik versetzen kann.

Konzentriert schaue ich zurück aufs Spielfeld: Freistoß für unser Team! Das Publikum johlt und ich versuche, unauffällig ein Stück von Paul abzurücken, damit sich wenigstens unsere Arme nicht mehr berühren. Gleich werde ich aufstehen und ganz unauffällig davonschlendern. Dann kann er da alleine sitzen! Auf seinem hässlichen weißen Plastikstuhl.

Da beginnt Paul ganz leise, es ist beinahe ein Flüstern: »Jessica, ich wollte schon die ganze Zeit mit dir reden, aber ... ich ... Ich weiß nicht, wie.«

Hatte ich gerade noch vor, das Weite zu suchen? Meine Wut beginnt zu brodeln. Sie kocht. Ich fühle mich wie ein Vulkan, dessen Lava allmählich aufsteigt. Ruckartig drehe ich meinen Kopf in seine Richtung und starre Paul direkt in die blauen Augen. »Was?«, frage ich – viel lauter und schriller, als ich es wollte. Einmal durchatmen! Dann fahre ich ein wenig leiser, aber mit genau dem gleichen scharfen Ton fort: »Du hast mir gar nichts zu sagen! Ich will auch gar nichts von dir hören!« Und plötzlich merke ich, dass ich nicht mehr aufhören kann. Der Vulkan explodiert! Alles, was ich in den letzten Jahren und während meines Martyriums nicht gesagt habe, will aus mir raus: »Paul, ich hasse dich und ich hasse alle anderen, die mir das angetan haben! Ihr habt mir über Jahre das Leben zur Hölle gemacht. Aus Spaß! Nur aus Spaß! Ihr habt einen Teil meiner

Kindheit zerstört. Einen Teil meines Lebens! Und ich hoffe, eines Tages tut euch jemand das Gleiche an!«, brülle ich und bin erstaunt und erschrocken über mich selbst.

Einige der Zuschauer, die in unserer Nähe stehen, gucken uns verwirrt an. Dann stehe ich mit so viel Schwung auf, dass der weiße Plastikstuhl umfällt. Und schon in diesem Moment ärgere ich mich, wie viel Macht meine ehemaligen Mobber offenbar noch immer über mich haben. Ich bin völlig außer mir.

Und Paul? Der ist ziemlich verzweifelt. Er rennt hinter mir her: »Können wir nicht kurz darüber reden? Bitte! Mir ist das wirklich wichtig!«, fleht er und klingt dabei so unterwürfig, dass ich mich allmählich wieder beruhige. So habe ich ihn noch nie erlebt. Und es fühlt sich gut an.

Ich atme tief durch und nicke. Paul trottet mir wie der Hund meiner Freundin Anna hinterher, wenn er etwas angestellt hat: mit gesenktem Kopf und hängenden Ohren. Ich spüre eine gewisse Genugtuung, aber meine innere Stimme schimpft mit mir: Was machst du da? Hau ab! Aber ich will nun doch hören, was Paul mir nach all den Jahren sagen möchte.

»Ich wollte mich entschuldigen. Es tut mir sehr leid, was wir dir damals angetan haben. Seit Jahren habe ich Schuldgefühle, habe mich aber bis heute nicht getraut, dir das zu sagen. Und ... na ja ... Ich wusste auch nicht, wie. Oder ob du das überhaupt hören möchtest.« Paul seufzt und schaut mir verzweifelt in die Augen.

Was erwartet er denn jetzt von mir? Dass ich ihm Absolution erteile? Mit Sicherheit nicht! Stattdessen brülle ich ihn wieder an – zum ersten Mal fühle ich mich IHM überlegen: »Du hast dich nicht getraut? Paul, willst du mich verarschen? Ihr habt mich über Monate, nein, über Jahre gequält, jeden gottverdammten Tag, und warum? Weil euch langweilig war und ihr es lustig fandet!«

Paul versucht, mich zu unterbrechen: »Ich weiß und ich schäme mich dafür.«

Aber ich fahre ihm einfach über den Mund: »Okay, du hast es ja jetzt gesagt.« Damit drehe mich um und lasse ihn einfach stehen. Diesen Vollidioten! Diesen Armleuchter! Schleimer! Glaubt, mit einer Entschuldigung sei alles getan. Ich würde ihm verzeihen! So ein Spinner! Er war mit schuld daran, dass ich mir beinahe das Leben genommen hätte!

Inzwischen renne ich beinahe. Tränen kullern über mein Gesicht. Da hilft nun auch keine Sonnenbrille mehr. Die letzten Meter sprinte ich zu meinem Wagen und drücke den Knopf runter, sobald ich eingestiegen bin. Jetzt fühle ich mich ein wenig sicherer! Trotzdem will ich weg von hier.

Ich starte den Wagen und fahre etwa fünf Minuten bis zu einem kleinen Waldstück. Dort halte ich an und lege meinen Kopf auf das Lenkrad und heule, dass es mich schüttelt und bis ich keine einzige Träne mehr habe.

Mein Handy summt. Es ist mein bester Freund Harald. Das Spiel ist wohl aus. Da ich nicht abhebe, schickt er seinem Anruf eine Kurznachricht hinterher: »Jessica, wo steckst du denn? Hast du das Spiel gesehen? Wir haben verloren! Was für 'n Scheiß!« Ich muss schmunzeln. In meinem Kopf bildet sich sofort das Bild von Harald. Ein Riesenbaby. Zwei Meter groß und 120 Kilo schwer. Ein echter Teddybär. Und ein toller Freund. Er wird verstehen, warum ich nicht bis zum Schluss bleiben konnte. Kurz antworte ich ihm: »Tut mir leid, ich musste los. Ich erkläre es dir später!« Dann starte ich meinen Wagen erneut und fahre direkt nach Hause. Das Gespräch mit Paul geht mir nicht aus dem Kopf.

Ich hatte immer Angst davor, die Clique irgendwann wieder zu treffen. Tausendmal habe ich mir ausgemalt, was ich dann sagen würde, was sie dann sagen würden ... Und nun war ich völlig überfordert. Ich schnaufe, als ich die vier Etagen zu meiner Altbauwohnung nach oben laufe – noch mehr als sonst. Insgeheim habe ich immer gehofft, dass es ihnen irgendwann leidtun würde. Und Paul bereut es. Das glaube ich ihm, sonst wäre er nicht auf mich zugekommen, als er mich gesehen hat.

Nachdenklich setze ich mich auf mein Sofa. Auf dem kleinen Holztischchen vor mir steht mein Laptop. Ich ziehe ihn auf meinen Schoß und beginne, nach den Leuten von damals zu suchen.

Zuerst Nadine. Es gibt keinen einzigen Treffer. Vermutlich ist sie verheiratet und hat einen anderen Nachnamen. Ebenso Jasmin. Nur Athina finde ich sofort. Auf dem Foto lacht sie nett und wirkt richtig harmlos-freundlich. Ihre Nase ist zierlicher geworden – da hat eindeutig ein Chirurg Hand angelegt. Das verwundert mich. Sie wirkte immer so selbstbewusst. Ich habe nicht gewusst, dass sie ihre Nase nicht mochte. Ansonsten erfahre ich nichts über sie. Nicht, was sie arbeitet, nicht, ob sie verheiratet ist oder sonst was.

Ich fahre mit der Maus wieder hoch ins Suchfenster und gebe Mehmets Namen ein. Wieder kein Treffer.

Nun Paul. Mein Herz klopft ein wenig schneller. Paul ist leicht zu finden: Er hat einen Facebook-Account. Genau wie ich. Ich klicke sein Profil an und erkenne ihn auf dem Bild sofort. Er liegt rücklings auf einem Bett und hat breit grinsend die Arme ausgestreckt. Daneben entdecke ich einen Button »Nachricht schreiben«.

Puh!

Verzeihen oder nicht?

Ich gehe in mich. Kann man sich für zwei zerstörte Jahre entschuldigen? Kann man sich dafür entschuldigen, dass man jemanden beinahe in den Selbstmord getrieben hätte?

Ich glaube, dass ich es nie vergessen werde. Aber verzeihen kann ich ihm schon. Er wird sicher nie mein Freund werden, aber trotzdem will ich seine Entschuldigung annehmen. Ich klicke auf den Button »Nachricht schreiben« und beginne: *»Hallo Paul, entschuldige meine Reaktion von heute Nachmittag, aber ich war mit der Situation überfordert. Trotzdem weiß ich zu schätzen, dass du dich – wenn auch nach sehr langer Zeit – bei mir entschuldigt hast. Das macht die Sache an sich zwar nicht mehr gut, aber ich wollte dir trotzdem sagen, dass ich deine Entschuldigung annehme. Ich hoffe, du hast mittlerweile aus deinen Taten mir und den anderen Schülern gegenüber gelernt und die Entschuldigung von heute wird nicht deine letzte sein. Bitte sieh mir nach, wenn ich dir sage: Ich kann dir verzeihen, aber das Geschehene nicht vergessen.«*

Abgeschickt.

Und in diesem Moment begreife ich, dass ich über mich selbst hinausgewachsen bin. Dass ich das Erlebte verarbeitet habe – auch wenn es immer ein Teil von mir sein wird. Es hat mich zu dem Menschen gemacht, der ich jetzt bin.

Ich habe Paul tatsächlich verziehen. Leider ist er bis heute der Einzige, der den Mut oder das Verlangen hatte, sich ernsthaft bei mir zu entschuldigen. Ich weiß nicht, ob es den anderen einfach egal ist oder ob sie zu feige sind, um mir in die Augen zu schauen und ihre Fehler zuzugeben. Aber das werde ich wahrscheinlich nie erfahren ...

Nachwort

An alle Täter dieser Welt, die das Leben einer anderen Person durch Hetze, Schikane, boshafte psychische oder physische Übergriffe beeinträchtigen: Ich gebe euch den Rat, eure Position gut zu überdenken! Denn ich musste selbst erfahren, wie schnell der Absturz vom überlegenen Täter zum wehrlosen Opfer kam. Das Leben anderer Menschen zu zerstören, ist weder cool noch lustig. Es ist eine der schlimmsten und feigsten Taten, die man begehen kann. Schließlich braucht man weder Mut noch Charakterstärke, wenn man gemeinsam mit einer Gruppe ein einzelnes Opfer quält. Und dann noch dazu im Internet, wo der Hass nicht einmal ein Gesicht hat! Das ist erbärmlich!

Dieses Buch soll vor allem den Opfern gelten. Aus Erfahrung kann ich heute sagen: Nur mit Unterstützung könnt ihr diesen Kreislauf durchbrechen. Ich habe es auch geschafft. Sich das eigene Leben zu nehmen, ist keine Lösung. Gebt ihnen nicht die Bestätigung, dass ihr es nicht wert seid, auf dieser Erde zu leben. Das Leben ist schön! Ich gebe euch den gleichen Rat, den mir einst meine Mutter gegeben hat:

»Mach etwas aus deinem Leben, worauf du stolz sein kannst! Und wenn irgendwann in ferner Zukunft einer dieser Täter vor dir sitzt und sich bei dir um einen Job bewirbt, dann wird dies deine Genugtuung sein.«

Auf diesen Tag warte ich zwar immer noch. Aber selbst wenn er niemals eintreffen wird, weiß ich zumindest, dass ich sowohl beruflich als auch privat schon viel mehr erreicht habe als meine damaligen Peiniger. So verschaffe ich mir zumindest ein bisschen Genugtuung.

Wenn meine Geschichte nur einen Täter dazu bewegt, sein Handeln zu überdenken, oder nur einem Opfer hilft, sich zu wehren, habe ich mein Ziel erreicht. Das würde mich wirklich stolz machen.

Im Deutschunterricht der achten Klasse lasen wir das Buch *Ich knall euch ab* von Morton Rhue. Es erzählt eine fiktive Geschichte über einen Amoklauf in einer amerikanischen Highschool. Dabei befasst es sich primär mit der Frage, ob der Amoklauf zweier Schüler hätte verhindert werden können, wenn irgendwer das Mobbing beendet hätte. Ich glaube, ja! Ich bin bis heute der Überzeugung, dass man Menschen psychisch so sehr quälen kann, bis sie keinen Ausweg mehr sehen, als ihren Peinigern oder sich selbst was anzutun.

Mit dieser Aussage möchte ich keinen Mörder oder Gewalttäter in Schutz nehmen – überhaupt nicht! Ich bin ein absoluter Gegner von körperlicher und psychischer Gewalt. Ich möchte nur daran erinnern, dass unsere Politiker, Lehrer und Eltern Mobbing ernst nehmen müssen.

Wir müssen handeln! Und zwar ALLE! JEDER kann etwas dagegen tun!!!

Danksagung

Mami und Papi, ihr zeigt mir jeden Tag, was bedingungslose Liebe ist. Danke, dass wir über alles reden, lachen, weinen und streiten können. Mein Schutzengel, meine Seelenverwandte: Danke, Denise, für zwei Mal Leben retten. Du wirst bestimmt eine wunderbare Mami! Darüber hinaus danke ich dir, Martin, dafür, dass du der beste Mann für Denise bist, den ich mir vorstellen kann, und dafür, dass du mir immer wieder den Kopf wäschst, wenn ich ihn mal verliere. Meinem geliebten Patenonkel danke ich für die berufliche Inspiration. Sarah, Marina, Wiebke, Tim, Patrick und Susie einfach dafür, dass ihr immer da seid.

Und zu guter Letzt danke ich der Max-Plank-Realschule in Wuppertal und insbesondere Herrn Seifert für den schnellen Einsatz und die wunderbarsten Schuljahre, die ich mir wünschen konnte.

Sabrina Tophofen

So lange bin ich vogelfrei

Mein Leben als Straßenkind

Mit elf Jahren bricht Sabrina aus dem Kinderheim aus und macht sich auf den Weg nach Köln. Sie landet auf der Domplatte, wo sie zum ersten Mal Geborgenheit und Schutz erfährt, aber auch Gewalt und Aggression, Drogenkonsum und Missbrauch kennenlernt. Auf einzigartige Weise dokumentiert Sabrina ihren täglichen Kampf ums Überleben – und für das Recht auf Selbstbestimmtheit und Akzeptanz.

176 Seiten • Klappenbroschur
ISBN 978-3-401-06550-2
Beide Bände auch
als E-Books erhältlich

Daniel O. Bachmann

Die Schüler von Winnenden

Unser Leben nach dem Amoklauf

Winnenden. Die Stadt nahe Stuttgart wird für immer verbunden sein mit dem 11. März 2009, dem Tag des Amoklaufs. Das, was für immer unfassbar und unbegreiflich bleiben wird, versuchen in diesem Buch sechs Betroffene zu erzählen. Fünf Jugendliche und eine Lehrerin sprechen zum ersten Mal davon, wie sie den Tag des Amoklaufs erlebten und mit diesen Erinnerungen weiterleben.

Arena

168 Seiten • Kartoniert
ISBN 978-3-401-50345-5
www.arena-verlag.de